Je t'aime vraiment tu sais.

Johanne Landers

JOHANNE LANDERS

Jlprudhomme@msn,com
http://jlprudhomme.wix.com/johanne-
landers
http://facebook.com/johanne.landers

– Nadia s'éveille et pose les yeux sur le réveil matin, celui-ci indiquait 7h35. Pour la première fois, il n'avait pas fonctionné et il fallait que ce soit aujourd'hui. Elle se leva et s'empressa aussitôt d'aller réveiller Rachelle.

– Dépêche-toi, nous sommes en retard. Je n'ai vraiment pas l'intention d'arriver en retard pour ma première journée de travail. Je vais faire une très mauvaise impression, c'est terrible.

– Voyons Nadia, ce n'est pas aussi terrible que tu le dis, ils te pardonneront quand ils verront comment tu travailles bien.

– Tu pourrais plutôt te presser pour ne pas aggraver la
situation.

– Mais Nadia, hier je t'ai déjà dit que j'avais congé aujourd'hui.

– Ah! excuse-moi j'oubliais, rendors-toi vite et passe une belle journée.

– Pour toi aussi j'espère que ce sera une belle journée.

Nadia attrapa le prochain bus et se rendit à l'édifice Wilson & fils. Elle entra dans l'édifice et se dirigea vers le gardien de sécurité pour s'informer. M. Jacob qui l'avait embauché ne lui avait mentionné que le nom de son patron et qu'il lui fallait s'annoncer au poste du gardien à l'entrée. Cet édifice comprenait tous les bureaux de comptabilité et de secrétariat pour plus de 346 magasins Wilson & fils comprenant des bijouteries, boutiques de lingeries fines et autres. Tout cela n'appartenait qu'à un seul homme.

— Bonjour monsieur. Pourriez-vous m'indiquer où se trouve le bureau de M. Drouin? Je suis Nadia Sirois et je commence mon travail aujourd'hui pour M. Drouin.
— Oui, avec plaisir. Il est au 16e étage, porte 1612.
— Merci.

Nadia se rendit au 16e étage et se dirigea vers la porte 1612. Celle-ci était ouverte, elle prit une grande respiration et se décida à entrer. Cette pièce était vide, mais il y avait un autre bureau plus au loin dans la pièce. Ce n'était vraiment pas commode de faire face à un nouvel employeur, mais il le fallait si elle voulait travailler. Elle se décida et frappa à la porte du deuxième bureau, un homme était assis à son bureau.

Nadia le regarda quelques instants et trouva qu'il avait les traits du visage très sévères.

— Bonjour monsieur, je suis la nouvelle assistante, Mlle Nadia Sirois.

— Bonjour Mlle. Je suis M. Drouin. Vous êtes en retard.

— Oui monsieur, je m'en excuse.

— Je n'accepte aucun retard, faites en sorte que cela ne se reproduise plus. Fermez la porte de mon bureau et mettez-vous vite au travail pour rattraper votre temps perdu.

— Oui M. Drouin

Nadia ferma la porte et s'installa à son bureau. Il n'y avait que désordre sur ce bureau, beaucoup de lettres avaient été lancées et il y en avait même une qui n'était pas terminée sur l'écran de l'ordinateur. Il ne lui restait plus qu'à commencer sa première journée par un bon nettoyage, en classant toutes ces lettres, ils y en avaient de tous les côtés. Le temps passa très vite et M. Drouin sortit de son bureau pour l'heure du dîner.

— Mlle Sirois, si vous en avez le goût, il y a une cafétéria au 3e étage. N'oubliez surtout pas de verrouiller la porte en sortant, vous avez une clé dans votre tiroir de bureau.

M. Jacob lui avait bien dit qu'il fallait travailler fort chez Wilson & fils, mais il ne lui avait pas mentionné que son patron était peu amical et ne parlait pas beaucoup. Juste pour donner des ordres et d'une manière peu amicale. Il lui fallait s'attendre à travailler beaucoup plus dur et avec beaucoup plus de responsabilités qu'elle ne l'avait imaginé.

Nadia prit son sac et la clé dont M. Drouin lui avait fait mention et sortit du bureau en refermant la porte à clé. Elle se dirigea vers les ascenseurs, il y avait un homme de très belle allure, aux cheveux châtain et aux yeux d'un bleu éclatant, si Nadia osait comparer M. Drouin à cet homme, celui-ci avait un visage très doux. Nadia décida alors de faire sa connaissance pour se changer les idées et arrêter de penser à M. Drouin.

— Bonjour, vous allez aussi au 3e étage.
— Oui, c'est bien l'heure du dîner, je crois.

Nadia lui répondit que oui, mais elle regretta l'audace qu'elle s'était permise tout à coup.

— Je vous taquinais, vous savez!
— C'est bien ce que j'ai cru, lui mentit-elle.

Nadia se sentait tout à coup très mal à l'aise, il lui fallait reprendre la conversation immédiatement, sinon elle ne pourrait jamais plus regarder cet homme. Il avait quand même de l'audace de taquiner ainsi une inconnue.

– Mon patron M. Drouin, me disait qu'il y avait une cafétéria au 3e étage.
– C'est exact.
– Vous pourriez m'indiquer le chemin.
– Je vais vous y conduire, vous pourriez vous perdre.

Merde! Il me taquine encore ou quoi.

L'ascenseur s'ouvrit directement sur la cafétéria et Nadia fût surprise à la vue de celle-ci. Elle était tellement grande, elle couvrait l'étage complet et tout autour, il n'y avait que des fenêtres.

– Merveilleux se dit Nadia.
– C'est votre première journée ici Mlle.
– Oui et je crois que c'était facile pour vous de le deviner. Allez, montrez-moi par où on commence.
– Ce n'est rien, vous n'avez qu'à me suivre.
– C'est gentil à vous, je vous remercie.

Nadia commença à le trouver gentil même s'il était très blagueur. Ils passèrent prendre leur dîner et se dirigèrent ensuite vers une table un peu à l'écart. Nadia sentait que tout le monde avait les yeux sur elle.

— Comment vous appelez-vous?

— Nadia, et vous.

— Moi c'est Max. Vous disiez que votre patron était M. Drouin.

— Oui.

— Il est très sévère, mais ce qu'il fait, il le fait très bien et il en demande autant de son assistante.

— C'est ce dont j'ai pu constater ce matin. Mais je crois que je vais bien aimer cette place.

— C'est bien.

— Et vous Max, vous travaillez pour quel département dans ce grand édifice?

Max réfléchit quelques minutes avant de répondre à la question que Nadia lui avait posée.

— Je distribue le courrier.

— J'aurai donc l'occasion de vous revoir.

Max hésita avant de répondre pour prendre le temps d'évaluer dans quoi il s'engageait.

— Chaque après-midi.

— Vous pourriez me dire combien de temps nous avons pour le dîner, M. Drouin ne me l'a pas mentionné.

— Une heure.

– Dans ce cas je n'ai plus une minute à perdre, il me faut retourner immédiatement à mon bureau. J'ai été enchanté de faire votre connaissance.

– Moi aussi Nadia, passez une belle journée. Je vous apporterai votre courrier.

Nadia retourna à son bureau et continua son nettoyage qu'elle avait entrepris en matinée. M. Drouin s'approcha d'elle et la complimenta pour le travail qu'elle avait effectué.

– Vous avez fait un très bon nettoyage, Mlle Sirois, je ne me comprenais plus dans tout cela.

– Je vous remercie.

Max entra et Nadia ne s'en aperçut pas.

– Bonjour M. Drouin, tout va bien.

– Oui j'ai vraiment l'impression d'avoir trouvé une perle rare comme assistante.

– Je suis très content d'entendre cela.

– Puis-je vous aider Max?

– Non merci, je dois parler à votre assistante.

M. Drouin retourna dans son bureau et Max et Nadia restèrent seuls.

– Vous m'apportez mon courrier.

– Oui et vous en avez beaucoup. Nous nous reverrons demain pour le dîner, je dois retourner à mon travail. À demain.

– C'est d'accord, je vous attendrai à la cafétéria.

– Nadia continua son travail jusqu'à ce qu'elle voit M. Drouin sortir de son bureau.

– C'est terminé Mlle Sirois, il est 17h00. Passez une bonne soirée et tâchez de ne pas être en retard demain.

– Non M. Drouin, je serai à l'heure!

Nadia prit son sac et sortie. Elle se dirigea vers l'arrêt du bus et elle entendit crier son nom. C'était Rachelle.

– Nadia vient nous t'amenons souper avec nous.

Rachelle était accompagnée de Sylvio, son fiancé et il y avait aussi un autre garçon, mais Nadia ne le connaissait pas. Elle n'avait pas vraiment le goût de sortir pour souper, mais Nadia ne pouvait refuser, Rachelle avait eu la gentillesse de passer la prendre après son travail.

– Bonjour, vous êtes très gentils d'être passés me prendre.

– Nadia, je te présente Luc, un ami de Sylvio.

Nadia le salua gentiment, mais ses yeux se tournèrent vers la sortie de l'édifice Wilson & fils. Max sorti avec un autre homme plus âgé que lui et une très jolie femme les accompagnaient. Rachelle continua à parler, mais Nadia n'écoutait plus.

— Nadia tu es constamment dans la lune et moi je parle toujours pour rien.

— Que disais-tu Rachelle?

— Que nous allions souper chez Sergio.

— Ça me va très bien j'ai tellement faim!

— Alors nous commanderons tôt. Nous ne te laisserons pas mourir de faim.

Nadia n'avait qu'une idée en tête, elle voulait en finir avec ce souper et retourner chez elle, pouvoir rêver sans être dérangé.

— Nadia comment as-tu passé ta première journée de travail.

— Assez bien.

Nadia n'avait aucune intention de mentionner la rencontre avec Max devant Sylvio et Luc.

— Et toi, tu t'es bien amusée.

— Oui et la soirée ne fait que commencer
.

Sylvio et Luc approuvèrent l'idée de Rachelle. Mais Nadia le souper terminer n'avait qu'une idée en tête et ce n'était pas de se promener d'un bar à l'autre.

— Tu viens avec nous Nadia? Nous allons dans quelques bars et ensuite nous irons sur le bateau de Sylvio.

— Non, je n'ai vraiment pas le goût de continuer, je suis tellement épuisée. Il faut me comprendre, je regrette sincèrement, mais c'était ma première journée de travail aujourd'hui et je voudrais bien retourner chez moi pour me reposer. Ce sera pour une prochaine fois.

La pensée de Max ne voulait pas lui sortir de la tête, elle essayait de ne plus y penser, mais c'était peine perdue et elle le revoyait sortir du bureau avec cette jolie femme à son bras. Serait-elle devenue jalouse pour un homme qu'elle ne connaissait pratiquement pas?

— Luc décida d'aller reconduire Nadia et de rejoindre Rachelle et Sylvio par là ensuite.

— Ne vous dérangez surtout pas pour moi je peux très bien entrer par le bus.

— Non Nadia, Luc prendra mon auto et te reconduira. C'est beaucoup trop dangereux pour une si jolie demoiselle de prendre le bus à cette heure tardive. Et Rachelle et moi allons attendre Luc dans le bar de l'autre côté de la rue, et il peut prendre tout le temps qu'il veut.

Nadia n'avait qu'une intention…le mettre à la porte le plus vite possible, ou même qu'il n'entre pas du tout.

— Venez Nadia de toute façon, ça me fait plaisir de vous reconduire.

Ils s'installèrent dans la décapotable et partirent en direction de Washington Street ou habitaient Rachelle et Nadia. C'était une tour de douze étages, elles habitaient au 3e étage.

Luc arrêta la voiture en face de l'appartement. Nadia se sentait obligée de lui demander de monter par politesse, mais elle n'avait qu'une envie, c'était de se retrouver seule…et de penser à Max.

— Vous voulez monter prendre quelque chose? Dans sa tête elle ne voulait qu'entendre une réponse… Dis non, dis non, dis non!

Au moment même où elle prononçait ces mots, elle les regretta, mais elle se sentait tellement coupable de ne pas lui demander.

— Oui avec plaisir.

Qu'avait-elle fait! Ils entrèrent et Nadia fit deux cafés. Ils s'installèrent au salon. Nadia n'avait qu'une envie…qu'il parte. Il se fera peut-être une mauvaise idée à cause que je lui ai demandé de monter chez moi.

— D'après ce que j'ai pu comprendre, c'était votre premier emploi et votre première journée de travail.

— Oui, c'est bien pourquoi je n'avais pas l'intention d'aller dans les bars ce soir.

— C'est toujours très épuisant les premières journées, l'adaptation au patron et à l'environnement est quelquefois difficile.

Nadia était fatiguée, elle dormait debout, mais elle savait qu'elle aurait beaucoup de problèmes à s'endormir. Quand Luc lui annonça qu'il devait enfin partir, elle fut très contente et n'en fût point fâchée.

— Cela m'a fait plaisir de vous avoir rencontré et j'espère vous revoir bientôt!

— Oui, j'ai aussi eu un grand plaisir à vous connaître.

Nadia ne s'attarda pas, elle prit une douche et se coucha en vitesse pour rattraper son sommeil. Elle était épuisée. Malheureusement, le sommeil tarda à venir. Elle ne pouvait que penser à Max, elle s'imaginait faire l'amour avec lui. Enfin elle semblait avoir trouvé un homme qu'elle aimait et qui était beau comme un Dieu en plus.

— Ah! Nadia arrête tes conneries et dort…je ne le connais même pas.

Quand Rachelle arriva, Nadia venait de s'endormir. Celle-ci la réveilla tout excitée pour savoir si la fin de soirée avec Luc s'était bien terminée.

— Mais Rachelle, nous sommes au beau milieu de la nuit! Quelle heure peut-il bien être?
— 3h25
— Rachelle, tu pourrais quand même attendre à demain pour me demander une chose pareille!
— Bon c'est bien, je vais attendre à demain, mais demain je veux tout savoir sans fautes.

Rachelle est enfant unique et issue d'une famille riche. Nadia qui est l'amie de Rachelle depuis sa troisième année. Nadia aussi était enfant unique, mais elle avait perdu ses parents dans un accident d'automobile quand elle avait treize ans et n'ayant aucune autre famille prête à la prendre, les parents de Rachelle l'ont accueilli et l'ont traité comme leur deuxième fille. Rachelle et Nadia ont toujours été très proches l'une de l'autre, tout en étant très différentes. Elles se comprennent bien et s'entendent à merveille. Nadia est plutôt tranquille, toujours à sa place, elle fait des choix très réfléchis. Elle ne demande pas beaucoup de la vie, tout en sachant qu'elle vit toujours sous la responsabilité des parents de Rachelle. Nadia vient à peine de finir ses études. Rachelle elle, ne demande qu'à faire la fête. Elle n'a pas l'intention comme Nadia de trouver un emploi immédiatement. Elle veut trouver un mari qui aime aussi faire la fête tout comme elle.

– Nadia se leva avec la même pensée dans la tête. Elle ne pouvait plus arrêter de penser à Max, et son ventre se contractait constamment à sa pensée.

– Est-ce que c'est ça l'amour, le coup de foudre?

– Qui pouvait bien être cette femme que Max avait au bras? Il lui avait bien dit qu'il était seul. Peut-être qu'il lui mentait, peut-être que c'était son épouse ou son amie de coeur et il lui aurait vraiment menti.

Elle devait lui demander si leur relation allait plus loin que de prendre leurs dîners ensemble. C'est la seule chose qu'elle espérait… aller plus loin avec lui. Juste à cette pensée, son ventre se contracta à nouveau. Sa question restera sans réponse pour l'instant.

– Ah! mon Dieu, il faut que j'arrête de penser à ça, c'est ridicule, je ne le connais même pas, se dit-elle.

Rachelle se leva et alla retrouver Nadia à la cuisine.

— Bonjour Nadia, crois-tu pouvoir me répondre maintenant ou est-ce trop personnel?

— Non Rachelle, je vais te répondre. Je trouve que Luc est très gentil, mais tu vois je voudrais que tu ne m'arranges plus de rendez-vous avec ce garçon, avec aucun garçon d'ailleurs. Il ne veut plus décoller. Tu vois ce que je veux dire!

— À quelle heure est-il parti?

— 11h30, je dormais debout

— C'est très bien, je ne te ferai plus de rendez-vous, mais je ne comprends pas, il est très galant et séduisant.

— Oui, mais c'est comme cela pour l'instant, je veux me consacrer à ma carrière.

De toute façon, Nadia en avait assez de se faire prendre pour le jeton manquant, parce que l'ami de Sylvio n'avait pas de compagne pour passer la soirée.

Nadia salua Rachelle et partit pour le travail plutôt que prévu. Elle ne voulait surtout pas être en retard. Nadia avait très hâte de revoir Max. Elle réalisa que son ventre se contractait à nouveau. Est-ce cela l'attirance physique? Elle était certaine maintenant, elle le voulait en elle. Elle voulait aller jusqu'au bout avec lui.

Le temps ne passait pas assez vite ce matin. Elle fit tout son possible pour se concentrer et midi finit par arriver. Elle descendit prendre son dîner et alla s'installer à la même table que la journée précédente, espérant qu'il viendrait la rejoindre. Il ne pouvait pas la manquer, il regarderait certainement de ce côté en entrant dans la cafétéria. S'il y vient.

Nadia le vit soudain entrer et son cœur se mit à battre très très fort et son ventre se contracta violemment cette fois. Nadia se demandait pourquoi son cœur trahissait ce qu'elle essayait de nier. Max vint s'asseoir près d'elle et ils discutèrent de chose et d'autre. Pendant deux semaines, ils dînèrent ensemble et Max lui apportait son courrier tous les après-midi. Un après-midi d'une journée splendide, Max lui apporta son courrier comme à l'habituelle.

– Bonjour Nadia.
– Bonjour Max, vous avez mon courrier.
– Oui, mais j'ai aussi une demande spéciale.
– Une demande spéciale.
– Oui, je me demandais si vous aimeriez venir à la plage immédiatement après le travail, nous pourrions manger là bas, qu'en dites-vous.

Nadia ne pouvait qu'acquiescer à sa demande. En sa présence, elle n'avait plus possession de son corps ou de son esprit.

Max lui indiqua le chemin et lui gratifia de son plus beau sourire. Nadia se mit à penser, elle était loin d'être habillée pour la plage Elle portait un tailleur. Le travail terminé, elle irait faire les boutiques du premier étage pour se trouver un chandail, short et des sandales. Elle se rendit à la plage que Max lui avait indiquée, il serait près du restaurant. Une demi-heure plus tard, Max arriva. Nadia commença à avoir peur qu'il ait changé d'avis.

— Nadia vous m'excuserez, j'ai eu un léger retard sur notre rendez-vous.

— Je devrais vous répondre ce que M. Drouin m'avait dit la première journée de travail. J'étais en retard et il m'a dit ''vous êtes en retard Mademoiselle ! Faites en sorte que cela ne se reproduise plus''. J'étais morte de honte et je lui ai répondu ''très bien monsieur''.

— Max et Nadia rirent de bon cœur.

— Viens, nous allons nous trouver un petit coin tranquille.

— Je croyais que nous dînerions dans ce restaurant.

— Non, j'ai apporté tout ce dont nous avons besoin.

Ils se dirigèrent vers la plage et s'éloignèrent. Max sortit de son panier une jolie nappe ainsi qu'un petit goûté, une bouteille de vin et deux coupes. Nadia pensait immédiatement qu'il était bien organisé, il avait dû penser à ce pique-nique aujourd'hui, car il avait pensé à tout.

— Hum, tout cela semble très bon.
— Sers-toi.

Ils dégustèrent leur petit repas et Nadia s'aperçut soudain que la fatigue de ces derniers jours la rattrapa et que le vin lui monta vite à la tête, mais elle ne voulait couper court à ce rendez-vous pour rien au monde.

— Nadia, viens te baigner avec moi.
— Peut-être que cela me ferait du bien, car je crois que j'ai trop bu de votre vin.
— Viens, cela te fera du bien.

Soudainement, Nadia recula, elle pensait qu'elle n'avait rien apporté pour la baignade.

— Que fais-tu?
— Mais je ne peux pas aller me baigner, je n'ai rien apporté pour cela.
— Ça ne fait rien, je n'ai rien non plus, nous sommes quand même des adultes, nous pouvons

nous baigner avec nos sous-vêtements, personne ne vient ici le soir.

— Alors là, je crois que c'est toi Max qui as trop bu.

Son ventre se contracta comme jamais et sa petite culotte se trempait de plus en plus. Elle ne s'était jamais sentie comme cela avant lui. Elle trouvait gênant de se déshabiller devant lui, c'était la première fois qu'elle se dévoilait devant un homme, mais son corps et son esprit ne voulait que ça. Il lui était impossible de faire la différence entre le réaliste ou non.

Ils commencèrent à se déshabiller ensemble, puis ils entrèrent dans l'eau. Ils se baignèrent et parlèrent longtemps, la conversation était si simple et facile avec lui.

— Tu vois, nous pouvions nous baigner sans que rien n'arrive! Viens t'asseoir près de moi, nous allons parler encore un peu le temps que nos sous-vêtements sèches et aussi le temps que le vin ne me fasse plus autant d'effet, ensuite nous rentrerons. Je vais te raccompagner chez toi.

Ce n'était pas du tout ce que Nadia voulait. Son corps tout entier était en feu, elle ne pouvait plus penser. Elle avait peur, mais elle ne pouvait résister à cet homme. Voulait-il d'elle?

Nadia s'installa près de lui. Max la regarda dans les yeux pour lui dire combien il aimait être avec elle qu'il se sentait bien.

— Je me sens vivre avec près de toi Nadia.

Il ne pensait plus qu'à elle, quelque chose qu'il n'avait jamais ressenti avant aujourd'hui pour aucune femme. À ses pensées, il se rendit à l'évidence qu'il l'aimait, qu'il voulait être avec elle le plus souvent possible et la connaître mieux. Soudain son corps s'enflamma à ces pensées, il voulait lui faire l'amour, là, tout de suite.

Nadia regardait à l'horizon et s'aperçut que Max la fixait. Elle se retourna pour continuer son chemin et elle sentit son regard brûlant et qu'il voulait lui aussi la même chose qu'elle.

— Tu es très belle. Avec ce décor merveilleux, le bruit de la mer, le silence…j'aime tellement être près de toi.
— Oui, c'est merveilleux et enchanteur Max, j'aime être avec toi aussi, je me sens bien, je me sens protéger. Je sens que je pourrais tout faire avec toi, qu'il n'y a plus aucune barrière dans la vie, tout m'est permis.

Max se retourna et l'embrassa tendrement puis il descendit lentement dans son cou en disant sensuellement son nom.

— Nadia!

— Oh! Max.

— Je t'aime bien, tu sais.

— Moi aussi, je suis si bien avec toi.

Nadia ferma les yeux et elle se demanda comment elle pourrait se retenir de devenir folle. Son ventre lui faisait mal, elle avait peur, les sensations que ses baises lui donnaient la rendaient folle. En plus, il n'était qu'au cou. Elle ne pouvait s'imaginer le reste sans devenir folle, elle ne pouvait plus contrôler son corps.

Max revint l'embrasser et inséra sa langue dans sa bouche tout en remontant ses mains jusqu'à ses seins. Ses mamelons se redirent de plus en plus. Elle ne pouvait plus résister à la rage que son corps contenait. Elle mit ses mains dans ses cheveux et lui donna un baiser de plus en plus ardant.

C'est là que Max comprit qu'elle aussi voulait ce qu'il voulait. Être en elle, la pénétrer et jouir ensemble. Max ne se comprenait plus, habituellement, il voulait faire l'amour et c'était tout. Il lui enleva son soutien-gorge pour pouvoir admirer et caresser ses seins.

— Tu es belle Nadia.

– Prend moi Max, j'en ai envie.

Nadia s'approcha de plus en plus et serra son corps contre le sien. Il prit ses seins dans ses mains et les titilla avec sa langue, les suça et les mordilla. Nadia sentit que cela lui faisait un peu mal, mais en même temps, elle n'aurait pas voulu qu'il ne s'arrête pour rien au monde. Sans lâcher ses seins, il lui donna des baisés sur le corps tout en descendant de plus en plus bas. Arrivée à sa petite culotte, il la lâcha brusquement et s'écarta.

Nadia se sentit soudainement mourir, refroidie. Mais qu'est-ce qu'il fait?

– Max, que fais-tu? Ai-je fait quelque chose de mal, je ne compte…

Max lui mit un doigt sur la bouche et lui dit que non. Il pensa subitement que son père n'approuverait pas cette relation. Il aimait vraiment Nadia et pensait qu'il ne voulait pas lui faire ce mal, de lui faire l'amour et de devoir la laisser ensuite. Ce seraient se faire mal à tous les deux.

– Veux-tu vraiment aller jusqu'au bout Nadia? Le problème est que si je ne m'arrête pas tout de suite, je ne pourrais plus m'arrêter. Je ne voudrais pas non plus que tu sentes que tu seras engagée envers moi, de même pour moi.

Nadia prit une minute pour réfléchir pour pouvoir répondre à cette question. Il ne voulait pas s'engager. Mais Nadia se disait qu'elle n'était plus une enfant et qu'il était temps qu'elle ait une relation sexuelle. Et temps qu'à faire, elle préférait que ce soit avec lui qu'elle aimait bien.

— Oui Max, je t'aime et je ne veux pas que tu arrêtes, s'il vous plaît Max revient vers moi. C'est à toi que je veux me donner.

— Max se rapprocha et l'embrassa ardemment avant de retourner vers sa petite culotte et lui enlever doucement. Il l'enleva tout doucement en l'embrassant dans l'entrejambe. Nadia n'en pouvait plus, elle avait envie de prendre sa culotte et la lancer. C'était si bon et l'attente si douloureuse en même temps. Max ouvrit ses jambes et caressa avec sa langue son clitorisme. Elle crut devenir folle, ses hanches se mirent à bouger sans qu'elle ne pût les contrôler. Max avait les mains partout sur elle.

— Tu es très mouillée Nadia, tu m'excites.

— Oui, chaque fois que je pense à toi, ma culotte se mouille.

Il remonta vers ses seins tout en continuant de caresser son clitorisme d'une main et il prit sa bouche hardiment. Nadia lui caressa les fesses tout en essayant de le rapprocher. Elle voulait qu'il la pénètre, son corps n'en pouvait plus d'attendre. Max allait pour mettre un doigt dans son vagin, mais elle l'arrêta.

— Je préfère que tu me pénètres Max.

— Maintenant Nadia?

— Oui Max, je n'en peux plus, je veux des caresses partout et je te veux en moi.

— Nadia, je n'ai plus de condom, désolé, car je ne croyais pas que cela m'arriverait ce soir, mais tu as une protection de ton côté.

— Non Max, cela n'était pas dans mes priorités et je croyais avoir le temps durant la fréquentation avant de faire l'amour, mais là je comprends les gens quand ils ne veulent pas attendre quand l'amour est en jeu...je suis désolée! Pouvons-nous le faire quand même?

— Je dois être honnête avec toi, je ne le sais pas.

— Ah Max! s'il vous plaît je ne veux pas arrêter, aime moi Max.

Ne pouvant résister plus longtemps, il la pénétra doucement et Nadia se raidit. La peur la gagna subitement.

— Je t'ai fait mal?

— Non s'il vous plaît n'arrête pas. C'est juste que ... que je suis vierge Max.

— Max sorti subitement. Elle lui avait fait peur. Il devait repenser à savoir si c'était une bonne chose de lui faire l'amour.

— Nadia, pourquoi ne pas m'avoir dit cela avant?

— Max, ne me fait pas ça. Reviens sur moi, je veux que tu me pénètres, je veux te sentir en moi s'il vous plaît Max.

— Je ne sais pas Nadia. Moi aussi j'ai tellement envie de toi, mais c'est un gros risque que nous prendrions et en plus tu es vierge.

Décidément Max pensait qu'il était vraiment sur le point de devenir fou. Il était en feu et elle lui disait être vierge... il voulait la prendre doucement et tendrement, il voulait qu'elle soit à lui, à lui seul.

— Très bien Max, mais ne me laisse pas comme cela s'il vous plaît nous ferons l'amour oral d'accord.

Ils recommencèrent à se caresser, mais Nadia poussait Max à la folie et il se laissa aller à la demande incessante de Nadia de la pénétrer. Il ne put résister à ses gestes et à ses paroles. Lui aussi était en feu.

— Très bien Nadia, tu as gagné, mais si je te fais mal, tu me le diras mon amour?

– Oui promis.

Max la pénétra à nouveau et il allait lentement, mais quand Nadia se mit à le pousser de plus en plus en appuyant ses mains de plus en plus fort sur ses fesses, il ne put résister et accéléra le rythme jusqu'à ce qu'il la sente jouir. Alors il put jouir lui aussi avec elle. L'extase était au maximum. Il n'avait jamais fait l'amour à une vierge et en plus il aimait Nadia. C'était la première fois qu'il atteignait un si haut point de jouissance. Il resta en elle un moment avant de rouler sur le côté. Il l'embrassa tendrement.

– C'était merveilleux Max, je t'aime.
– C'est toi qui étais merveilleuse Nadia. Tu m'as enflammé comme jamais je ne l'ai été.

Nadia continua à le caresser, pour la première fois elle voyait un homme nu et il était si beau. Elle alla caresser son pénis et ses cuisses. Elle voulait tout voir et tout toucher.

– Tu m'apprendras à jouer avec ça la prochaine fois?
– Ah! Nadia, tu vas m'exciter à nouveau. Oui je vais t'apprendre et encore plus. Mon bel amour.
– Ils s'enlacèrent à nouveau et Max décida soudain qu'il était peut-être temps de partir avant qu'il ne puisse plus s'arrêter de nouveau.

– Non Max, montre-moi tout de suite, j'en ai envie.

– Il se mit à chuchoter dans son cou, tout en lui montrant.

– Tu commences comme cela et tu augmentes le rythme et tu sers de plus en plus, mais pas trop fort quand même ce sont mes bijoux, ne l'oublies pas. Ça y est ! Je suis foutu avec toi, tu la trop excité maintenant.

– Elle le massait de plus en plus vite.

– Viens, viens t'assecir sur moi.

Ils refirent l'amour. Nadia ne pensait plus à rien. Il n'y avait plus que Max et elle qui comptaient. Les mains musclées de Max caressèrent son corps soyeux. Pendant plusieurs heures ils restèrent enlacés et à refaire l'amour une bonne partie de la nuit. Pour Nadia, tout ceci était comme un conte de fées. Nadia n'appartenait plus son corps, elle était à lui, à lui tout entière.

– Nadia, je t'aime, tu me rends fou, tu sais.

– Je t'aime aussi. Je n'arrive pas à te chasser de mes pensées depuis le premier jour de notre rencontre.

– Alors nous sommes d'accord en disant que nous sommes amoureux.

– Oui, nous sommes deux à être d'accord. Mais, pour le moment, je crois que nous devrions entrer, il se fait tard.

Sur le chemin du retour, Nadia pensa à tout cet amour et tendresse que son corps venait de recevoir pour la toute première fois. Elle crut qu'elle ne pourrait plus jamais dormir de sa vie tellement ce qu'elle venait de vivre avait été délicieux. C'était incroyable comme l'amour pouvait être si bon. Comment avait-elle pu se passer de cela jusqu'ici…la gêne, ou probablement de ne pas avoir rencontré le bon gars.

– C'est ici. Veux-tu entrer?

– Oui, je veux bien te reconduire à ta porte et entrer quelques minutes.

– Ils montèrent et discutèrent pendant une heure.

– Parle-moi de ta famille Nadia.

– Je suis enfant unique et mes parents sont décédés dans un accident de voiture quand j'avais treize ans et les parents de Rachelle, la fille avec qui j'habite, m'ont recueilli. Ma mère a une soeur, mais elle ne se sentait pas capable d'élever une enfant…je n'étais plus une enfant. J'étais bien dans la famille de Rachelle, elle est comme ma sœur. Et toi, parle-moi de ta famille.

– Je suis aussi enfant unique, et je n'ai plus que mon père, ma mère est décédée j'avais seize ans.

– Quel malheur!

– Oui, j'aurais bien voulu la garder. Désolé Nadia, mais je dois maintenant partir.

Nadia devenait de plus en plus lucide et elle pensait à ce qui s'était passé sur la plage. Elle avait des remords.

– Max, je m'excuse pour ce qui s'est passé sur la plage. J'ai voulu me retenir, mais mon coeur était si enflammé à ton contact et tout c'est déroulé tellement vite sans que je ne puisse arrêter quoi que ce soit, je ne pouvais plus contrôler mon corps. Je crois que j'avais trop bu.

– Je sais mon bel amour, je t'aime et je ne pouvais pas plus que toi retenir mes sensations à ton égard. Nous sommes deux adultes qui étaient consentants. Je ne regrette rien, je voulais tellement te posséder. Mais je ne croyais pas que c'était la première fois pour toi, j'espère que tu ne regrettes pas, tu aurais dû me le dire avant.

– Je n'avais pas vraiment le goût que tu arrêtes. De toute façon, je ne pouvais vraiment plus contrôler mon corps. Mais Max, je ne regrette rien, c'était la plus belle soirée que je n'avais jamais eue.

— Je t'aime Nadia. J'y vais maintenant, car sinon je ne pourrais plus partir. Je te revois demain au bureau.

Ce soir-là, Nadia ne put trouver le sommeil, elle ne pouvait que penser à Max et à comment il lui avait fait l'amour. La première fois qu'elle se donnait à un homme. Elle était très fière que ce soit Max, elle l'aimait profondément.

Quelque chose cependant revenait toujours gâcher ses belles images d'amour, là très jolie femme à l'allure chic et riche avec qui il sortit du bureau l'autre jour. Et s'il avait couché avec elle aussi.

Nadia ne se comprenait plus. Elle qui était si sure de ses principes. Comment avait-elle pu se donner tout entière à un homme qu'elle connaissait à peine? Pourtant elle avait ressenti beaucoup d'amour en lui, la manière aussi donc il la regardait. Du moins, elle espérait grandement que ce qu'elle avait ressenti était réciproque.

Les questions se défièrent toute la nuit dans sa tête. Pourquoi l'avait-il préféré lui, au lieu de cette jolie femme? Nadia était complètement absorbée dans ses pensées quand Rachelle apparut sur le seuil de la porte.

— Tu ne dors pas encore.

– Non, je n'arrive pas à m'endormir.

– Toi tu me fais rire Nadia! Habituellement tu es au lit et tu dors à poings fermés depuis longtemps, que se passe-t-il?

– Rien ou tout, je ne sais plus. C'est simplement que je ne pouvais pas trouver le sommeil et aussi je suis très contente que tu sois là, car j'ai très hâte de te raconter ma soirée avec le plus bel homme que je n'ai jamais rencontré.

– J'espère qu'il est vraiment merveilleux pour que tu sois manqué la fête de Sylvio.

– Oh! Rachelle, toutes mes excuses! Je n'ai pas repensé à ça, désolé. Comment vais-je pouvoir me faire pardonner, c'est affreux?

– Ce n'est rien tu viendras t'excuser toi-même auprès de Sylvio et Luc, car je leurs avaient dit que tu venais nous rejoindre Luc t'attendait.

– Je n'avais pas de raison d'oublier la fête de Sylvio, j'avais même son cadeau sur mon bureau. Je lui apporterai demain après le travail, tu seras chez lui.

– Oui, je t'attendrai. Luc y sera probablement si je lui dis que tu viendras.

– Ah! Pour ce qui est de Luc, tu pourrais me rendre un service et lui faire comprendre gentiment que je ne suis pas intéressée, que j'ai rencontré quelqu'un.

– Très bien, si c'est ce que tu veux. Mais raconte-moi! Comment est-il ton prince charmant pour te tenir éveillé toute la nuit?

– C'est Max, le superviseur du département de la poste à mon travail. Je l'ai rencontré à ma première journée de travail et depuis, nous dînons toujours ensemble. Il m'a invité pour aller à la plage après le travail et j'espérais tellement qu'il m'invite un jour que je n'ai pu refuser.

Max est de grandeur moyenne, environ cinq pieds et sept pouces, il a les yeux d'un bleu éclatant, surtout quand il porte sa cheville bleu pourpre. Il me rend folle. Il a des cheveux châtain un peu en bataille, il est renversant. Son corps est musclé et basané, il s'adonne au conditionnement physique régulièrement. Il a un calme remarquable en tout temps. Il est toujours en complet trois pièces.

– J'espère au moins que tu as passé une belle soirée.
– Merveilleuse, la plus belle de toute ma vie. Rachelle! Je me suis donné à lui.
– Ça m'a l'air sérieux hein! J'arrangerai cela avec Luc, ne t'inquiète pas et je t'excuserai auprès de Sylvio.
– Merci, Rachelle. Tu vois, je crois que je suis en amour.

Quand Nadia se rendit au travail le lendemain, elle ouvrit la porte et fût surprise de voir deux cadeaux sur son bureau. Celui de Sylvio qui était resté là et l'autre. Elle prit la carte du deuxième cadeau et la lut:

> *Bonne journée, mon bel amour*
> *Je serai absent pour deux*
> *semaines. Je m'excuse, je ne l'ai*
> *appris que ce matin et je n'avais*
> *pas le choix de m'y rendre.*
> *Je suis encore plus désolé à cause*
> *d'hier de m'éloigner de toi.*
> *Je t'aime... Max.*

Nadia était peinée à la pensée de ne revoir Max que dans deux semaines. Elle vit une autre note sur son bureau. Elle prit le bout de papier et lut celui-ci.

> *Parti pour deux semaines,*
> *je vous téléphonerai*
> *régulièrement pour que vous me*
> *donner mes messages et un*
> *compte rendu de la journée.*
> *Remettez mes rendez-vous.*
> *M. Drouin*

Tant mieux! Je pourrai laisser libre cours à mes pensées. Elle décida de se faire un café tout en se demandant ce que Max pouvait bien lui avoir laissé.

– Le téléphone la ramena vite à la réalité.

– Bonjour bureau de M. Drouin, comment puis-je vous aider?

– Bonjour, Nadia, c'est Rachelle. Je me demandais si tu avais vu ton prince charmant ce matin.

– Non je ne l'ai pas vu, mais il est passé à mon bureau, car il m'a laissé une note me disant qu'il est parti pour deux semaines pour un voyage de dernière minute et il m'a laissé un cadeau.

– Qu'est-ce que c'est?

– Je n'en ai aucune idée, je ne l'ai pas encore ouvert.

– Ouvre vite, je veux savoir.

Nadia défit l'emballage et ouvrir la boîte. Elle découvrit une magnifique rose rouge avec un bout de papier crêpe.

– C'est une jolie rose et il y a autre chose.

– Quoi?

– Il m'a écrit un autre mot.

– Arrête de me faire languir et lit le vite.

– C'était un poème…

> *Mon Bel Amour*
> *Je pense à toi chaque jour*
> *Tu es dans mon cœur*
> *Et tu m'apportes le bonheur*
> *Mon cœur est à toi*

Et je le crierais sur les toits
À nous les joies de l'amour
Que nous garderons toujours
Pour toi
Mon Bel Amour
xxx

— Mon Dieu! Il est romantique en plus. C'est merveilleuse Nadia, j'ai l'impression que tu as décroché le gros lot.

— Rachelle, tu comprends maintenant. Je suis si émue. Je suis certaine d'être amoureuse de Max.

— Tout normal après avoir fait l'amour sur la plage au clair de lune et recevoir un poème comme celui-là, qui ne le serait pas. Je suis toute bouleversée et ce n'est même pas moi qui l'ai reçu.

Nadia trouva les deux semaines qui passèrent très longues. Elle n'arrivait à trouver le sommeil que très tard dans la nuit. Sa vie s'était bouleversée tellement vite. La nuit avant le retour de Max, Nadia n'avait qu'une idée en tête, refaire l'amour avec Max. C'est là qu'elle pensa sérieusement qu'il serait préférable pour elle de prendre un moyen de contraception. Elle se devait de prendre rendez-vous chez un médecin pour avoir une protection pour ne pas tomber enceinte. Avant cette soirée magique, elle ne pensait qu'à sa carrière, mais maintenant, la réalité venait la rejoindre beaucoup plus vite que prévu. Elle en discuta avec Rachelle le lendemain et celle-ci lui conseilla de voir son médecin, elle lui arrangerait un rendez-vous le lendemain. Nadia n'avait pas de médecin à Hollywood encore.

Rachelle fixa un rendez-vous, mais celui-ci n'avait pas de place pour la recevoir avant un mois. Rachelle appela Nadia dans l'après-midi pour l'informer.

— Nadia je n'ai pu avoir un rendez-vous que dans un mois avec le médecin. Alors vous allez devoir continuer à utiliser les condoms jusque là.

Nadia resta quelques minutes bouche bée à la remarque de Rachel. Comment avait-elle pu avoir une relation sexuelle sans aucune protection?

— Je te remercie Rachelle.
— Nadia, je n'entrerai pas ce soir, je vais rester chez Sylvio.

Nadia qui n'avait toujours pas de nouvelle de Max entra chez elle après le travail. Elle se mit au lit à 22h00 n'ayant toujours pas de nouvelle. Le téléphone la tira de ses pensées vers 22h30. C'était Luc, elle était déçue.

— Bonsoir Nadia, j'espère que je ne te dérange pas.

— Non, je m'apprêtais à me coucher.

— J'avais espéré vous voir ce soir. Je voulais vous inviter à une petite soirée que je donne à mon chalet, j'aimerais bien que vous y soyez, vous voulez bien venir.

— Quand?

— Ce soir, maintenant. Rachelle ne vous en a pas parlé, je lui avais pourtant demandé.

— Non Luc, je regrette, mais Rachelle ne t'as pas parlé non plus, je crois, à mon sujet.

— Si, mais elle disait que ton copain est parti pour deux semaines, alors je croyais que cela te plairait de venir faire la fête avec nous entre amis.

— Non, ce sera peut-être pour une autre fois Luc, je te remercie quand même. Je m'apprêtais à me coucher.

Rachelle était très différente de Nadia, elle aimait être dans des soirées constamment, elle n'aimait pas être seule. Elle passait souvent ses samedis à faire les magasins et chaque vendredi et samedi, Rachelle était toujours dans une soirée ou une autre.

Nadia raccrocha le combiné, elle était très déçue, elle aurait voulu que ce soit Max qui l'appelle. Il n'y avait que lui qui comptait maintenant. Elle se recoucha et s'endormit sur ses pensées.

Nadia s'éveilla avec un grand sourire. Enfin elle reverra Max après deux longues semaines. Elle se rendit à son travail très tôt et en entrant dans son bureau, elle vit une jolie note sur un papier de soie rose. Elle l'espérait que ce soit Max qui lui avait écrit, elle l'ouvrit très vite. Celle-ci disait :

> *Je te prendrai après le travail,*
> *je t'amène à la plage.*

À l'instant où elle refermait la note, son patron entrait.

— Nadia, apportez-moi mon courrier et mes messages s'il vous plaît.

Ne pourrait-il pas dire bonjour, surtout après deux semaines d'absence? Ha! Les beaux jours sont terminés. Nadia constata soudain qu'elle ne voyait jamais qui remplaçait Max pour le courrier pendant son absence. Chaque fois qu'elle revenait de son dîner, le courrier se trouvait sur son bureau. Peu importe pour le courrier, Max était de retour et la journée s'annonçait très bien. De toute façon maintenant elle savait que ce ne devrait jamais être lui qui apporte le courrier, car il est le superviseur du département de la poste. Il ne veut que la voir, c'est pourquoi il lui apporte son courrier lui-même.

– Le travail terminé, Max l'attendait à la porte.

– Bonjour, je suis si contente de te voir, tu m'as manqué Max.

– Toi aussi Nadia.

– Il l'embrassa longuement.

– Peut-on passer chez moi, car je n'ai rien apporté?

– Sans problème. Tu sais, tu devrais peut-être t'apporter des choses pour demain...nous pourrions passer la nuit ensemble.

Nadia lui lança un grand sourire d'amour, c'est exactement ce qu'elle voulait le plus au monde. Il n'y avait que lui dans ses pensées en tout temps. Passer la nuit chez lui était un cadeau du ciel.

– Max, tu as pensé à apporter des condoms. Je ne peux pas voir le médecin avant un mois.

– Oui, j'ai lu sur internet qu'il était préférable de garder les condoms pour un mois après le début de la pilule contraceptive.

Ils passèrent chez Nadia pour prendre quelques affaires et se rendirent à la plage. Ils se baignèrent et ensuite Max l'amena à l'hôtel et commanda un repas copieux avec comme dessert du chocolat, des fraises et de la crème fouettée.

– Max, je croyais que tu m'amenais chez toi.

– Hum non, j'habite avec mon père. Ha je sais je suis trop vieux pour cela, mais la maison est grande et il arrive souvent qu'on ne se voie même pas dans une journée à cause de nos occupations. Bon, on passe au dessert.

– Tu en as des goûts de desserts toi.

– C'est pour nous ma chérie, tu verras. Le dessert est pour nous deux, nous allons nous amuser.

– Max, ce n'est pas une chambre que tu as prise, mais une suite. J'aimerais payer avec toi, tu sais une chambre normale aurait fait l'affaire.

– Non, pas question de payer avec moi et oui, c'est vrai que n'importe quoi aurait fait, mais je voulais te donner le meilleur, car la première fois que je t'ai prise, je ne savais pas que c'était la première fois et je n'aurais pas voulu que cela se passe sur la plage. Je me sentais comme un adolescent, comme si je t'avais fait l'amour dans l'arrière de la voiture.

– Ah! Ah! Ah! non Max, c'était merveilleux avec la mer, le soleil couchant, le panier de provisions que tu avais apporté et nous deux. C'était un rêve pour moi.

– Tu es chouette.

Après avoir fait l'amour, Max l'invita à prendre une douche. La salle de bain comprenait un bain-tourbillon, une douche qui aurait pu

contenir quatre personnes facilement. Il y avait
des jets d'eau de tous les côtés. Juste la salle de
bain était la grandeur de sa chambre à la maison.
Il y avait de grands miroirs, la décoration était
moderne et luxueuse.

– Tu comptes passer le reste de la nuit dans la
salle de bain, tu es tombée sous le charme! Tu
viens

– Ah! oui, cette salle de bain est merveilleuse.

– Tu veux toujours que je t'apprenne des
choses?

– Nadia se mordilla la lèvre inférieure. Son
ventre se mit à contracter.

– Oui Max, avec toi je veux tout savoir.

– Alors, viens-nous allons prendre une
douche.

Il s'approcha de Nadia, l'embrassa, lui caressa
les seins et lui enleva sa blouse. Nadia décida
qu'elle aussi devait faire son bout de chemin, car
si elle voulait compétitionner avec la belle femme
qu'elle avait vue au bras de Max, elle devait faire
le maximum pour le satisfaire et pouvoir le garder.
Elle ne voulait pas le perdre parce qu'elle n'était
pas assez compétente. Elle avait eu le temps de
s'informer en regardant des sites internet pour
l'aider dans ce domaine. Elle débuta aussi par lui
enlever la chemise. Il lui sourit, cela lui donna
l'assurance de continuer. Elle continua et le

rapprocha d'elle en tirant sur sa ceinture, la détacha et laissa tomber ses pantalons. Il fit de même et lui enleva sa jupe, son soutien-gorge tout en caressant ses seins. Il murmura dans son oreille.

– Nadia, tu es si belle. Je t'aime. Vient je vais commencer ton apprentissage et cela ne sera que joie pour nous, mais s'il y a quelque chose que tu n'aimes pas, fais-moi savoir, arrête-moi. Ça te va?

– Oui, ne t'inquiète pas. Mon corps est prêt à tout pour toi.

– Tu vois, tu m'excites déjà au maximum. Je vais devoir apprendre à me contrôler avec toi.

– Ça va, nous n'avons qu'à le refaire plusieurs fois.

Max la prit dans ses bras, l'embrassa, lui caressa les seins avec sa langue si habilement et lui mordilla le bout des seins. Elle adorait. Soudainement elle lui demanda de se retourner. Max fut surpris, mais obéissant à la demande de Nadia. Elle lui lava le dos et le caressa, puis descendit sur ses fesses, elle lui massait les fesses. Puis elle le retourna et continua ses caresses avec le savon. Ce que Max semblait beaucoup apprécier.

– Nadia, hum pour une fille qui n'est pas expérimentée, tu me rends fou là.

— Disons que je ne voulais pas avoir l'ère trop inexpérimentée alors j'ai fait quelques petites recherches.

— Lève-toi et retourne-toi, je veux être en toi.

Max se mit à lui donner des tapes sur les fesses. Plus il lui en donnait et plus il augmentait le rythme de son bassin.

— Oh! mon amour, c'est très excitant, continu Max n'arrête surtout pas.

Max attendit que Nadia commence à jouir, c'était extrême et il se laissa aller à jouir avec elle.

Ils firent l'amour encore et encore.

— Max, tu vas me faire jouir à nouveau.

— Je veux te voir jouir, jouit pour moi, devant moi, je veux te regarder.

Nadia ne pouvait résister longtemps, elle ne pouvait arrêter de faire aller ses hanches, elle jouit à nouveau. Elle remarqua qu'il la regardait avec tendresse.

— Tu veux bien que je te montre autre chose mon bel amour.

– Oui, je suis prête à tout avec toi Max.

Ils se dirigèrent vers la chambre et Max apporta le charriot avec les desserts. Max se coucha sur le lit.

– Qu'est-ce que tu aimes le plus dans ces desserts Nadia?
– Tout semble très bon, tu en manges aussi.
– Max ne répondit pas, il prit du chocolat et en étendit sur les mamelons de Nadia.
– Oh! je viens de comprendre.
– Oui, c'est exactement ce que je veux.
– Nous allons nous amuser.

Alors Nadia étendit de la crème fouettée sur le pénis de Max et elle débuta en passant sa langue sur son gland et elle de lui donner du plaisir au maximum.

– Nadia n'arrête surtout pas, tu es si douce et si habile.

Nadia était fière de l'entendre dire cela, elle avait si peur de ne pas être à la hauteur de ses attentes. Elle savait qu'il avait de l'expérience en la matière.

– Tu me rends fou, je suis un homme perdu avec toi.

Avant Nadia, Max faisait l'amour juste pour satisfaire son corps et s'amuser un peu. Jamais avec une autre femme il n'avait ressenti tant de plaisir. Mais là, c'était vraiment faire l'amour avec l'amour.

Ils firent l'amour jusqu'aux petites heures du matin. Ni un, ni l'autre ne semblait vouloir arrêter. Comme de peur de se perdre. Nadia était la femme la plus heureuse en ce moment, mais quelque chose la dérangeait sans savoir quoi peut-être la peur de le perdre? Elle ne comprenait pas pourquoi.

Comme Nadia l'avait prévu, la soirée fût merveilleuse et même plus. Une des soirées dont elle ne pourrait jamais oublier. Durant les semaines qui suivirent, Max et Nadia allèrent souvent à la plage passer leur soirée à regarder le coucher du soleil ou à l'hôtel passer la nuit. Nadia se demandait par moment, pourquoi Max ne lui avait jamais demandé pour aller au restaurant ou danser quelque part. Il ne devait pas être du genre social, mais elle ne s'en plaignait pas, car elle aussi aimait bien la tranquillité de la plage ou encore mieux de l'hôtel. Elle l'avait pour elle seule.

Après une soirée de pur bonheur, Max reconduisit Nadia, ils étaient incapables de se quitter. Ils firent l'amour une bonne partie de la nuit. Rachelle étant absente pour trois jours, Nadia décida de laisser Max dormir chez elle toute la nuit. Elle ne le réveilla pas se blottit contre lui et s'endormit à son tour.

Elle se réveilla quand le réveil matin se mit à sonner et s'aperçut que Max n'était plus là. Elle fit le tour de l'appartement, mais il était déjà parti. Il avait laissé une note sur la table :

Nous nous retrouverons pour
dîner.Tu dors comme un ange
Je t'aime mon bel amour

Nadia se rendit à son travail. Tous étaient très gentils, tout le monde lui souriait. Elle descendit à la cafétéria pour rejoindre Max, quand elle le vit, elle se sentit mal à l'aise d'aller s'asseoir avec lui. Il était assis avec un homme d'une soixantaine d'années, les yeux du même bleu que lui et la même couleur de cheveux, à l'exception que l'autre homme avait quelques années de plus. La ressemblance était remarquable.

Nadia pouvait sentir de loin la colère entre les deux hommes. Nadia décida de ne pas les interrompes et de s'asseoir plus loin, mais Max la vit et lui fît signe de venir les rejoindre. Comme Nadia salua l'autre homme, celui-ci la fusilla du regard, se leva et s'en alla.

— Max, qui était cet homme, il ne m'a pas l'ère très contente.

— C'est M. Jim Wilson le propriétaire de tout ce qui porte son nom et même les gens qui portent son nom.

Max changea vite la conversation et informa Nadia qu'il sera contraint de repartir de nouveau, mais cette fois-ci pour un mois.

— Quand pars-tu?

— Immédiatement, je te téléphonerai et si je le peux, je reviendrai quelques jours.

— Nadia sentit son coeur se nouer. Elle ne devait rien montrer à Max, elle devait être forte.

— C'est très bien. J'attendrai ton appel. Je t'aime.

— Moi aussi je t'aime mon bel amour.

Ce jour-là Max passa donner le courrier à Nadia et celle-ci fût très peinée de le voir partir, mais pour rien au monde elle voudrait nuire à sa vie. Elle ne lui montra donc pas la grande peine qu'elle ressentait à ce moment. Elle voyait qu'il semblait préoccupé ou fâché.

Avant de rencontre Max la solitude ne lui pesait pas, au contraire, elle aimait bien être seule. Tout était différent maintenant, elle connaissait l'amour. Il partait pour un long mois qui lui paraitrait être une éternité. Max n'était parti que depuis quelques heures et déjà elle sentit son cœur fondre. Elle se sentit soudain très très seule. Elle décida donc en fin d'après-midi d'appeler Rachelle à son travail pour savoir si elle serait à l'appartement ce soir.

– Bonjour Rachelle, c'est Nadia.

– Bonjour Nadia, que ce passe-t-il? Tu ne me téléphones jamais au travail et au son de ta voix, il se passe quelque chose.

– Non, c'est simplement que je me sens un peu seule et je voulais savoir si tu serais à l'appartement ce soir.

– J'étais justement pour te téléphoner et te demander la même chose. J'ai une grande nouvelle à t'apprendre.

– De quoi s'agit-il?

– Tu le sauras ce soir. Je fil immédiatement à l'appart après le travail.

– Oui parfait, je t'attendrai à l'appart.

Nadia replaça le combiné téléphonique et se demanda ce que pouvait bien être cette bonne nouvelle. Elle se rendit chez elle après le travail et attendit Rachelle avec impatience. Celle-ci ne tarda pas et entra le visage resplendissant.

— Quelle bonne nouvelle peux-tu bien m'apporter avec un si grand sourire?

— Nadia tiens-toi bien, Sylvio et moi allons-nous marier dans deux semaines.

— Dans deux semaines! Pourquoi si vite?

— Nous nous aimons et en parlions depuis quelque temps déjà, je ne voulais pas t'en parler avant que tout soit sûr. Je voulais te faire la surprise.

— C'est vraiment merveilleux, mais cela ne me donne pas beaucoup de temps pour me préparer. Et l'appart? Je suis très heureuse pour vous deux, mais la nouvelle me surprend, c'est si vite.

— Tu ne veux pas garder l'appart? Peut-être que Max viendrait habiter avec toi.

— Oui peut-être, mais nous venons à peine de nous connaître. Je crois que nous vivons aussi le grand amour. Malheureusement, ce serait trop vite, ce serait précipiter les choses. Je dois te dire que je serai seule à votre mariage, car il est reparti pour un mois cette fois-ci.

Rachelle alla s'asseoir près de Nadia avec une ère réprobatrice.

— Pour le superviseur du département de la poste, tu ne trouves pas que c'est bizarre qu'il voyage si souvent et ce sont de longs voyages?

– Je n'y est pas vraiment réfléchi. Les seuls endroits où nous nous voyons sont à la cafétéria, au bureau, à la plage, à l'hôtel et ici.

– Alors tu ne connais rien de lui. Comme tu disais, c'est peut-être trop vite pour habiter avec lui. De toute façon, cela ne change rien pour moi Nadia, ce que je veux c'est que tu sois à mon mariage. Maintenant nous devrions penser à manger.

Elles mangèrent et discutèrent du mariage toute la soirée. Rachelle et Nadia allèrent se coucher de bonne heure pour entreprendre une dure journée le lendemain. Rachelle ferait des achats pour le mariage et Nadia de son côté, chercherait une robe pour l'occasion.

Nadia repensait à ce que Rachelle lui avait dit au sujet de Max qui pourrait peut-être habiter avec elle. Nadia décida de se chercher un autre appartement, car c'était trop tôt pour elle et Max.

Nadia amorça ses recherches pour son nouvel appartement. Les parents de Rachelle étaient riches, mais elle ne voulait plus dépendre d'eux. Quelques jours plus tard, Nadia n'avait pas trouvé d'appartements et Rachelle se mariait bientôt. Rachelle aurait pu lui laisser un peu plus de temps pour s'organiser.

Finalement Nadia trouva deux jours plus tard, un appart à son goût et à son budget. Le seul inconvénient serait le trajet en autobus beaucoup plus long. Elle prit les arrangements avec le concierge, Nadia fût soulagée d'apprendre qu'il n'y aurait aucun problème pour la location de l'appartement actuel.

Le déménagement était prévu pour le samedi suivant. La vie de Nadia était chavirée de tous les côtés, et si vite, elle-même ne pouvait le croire. Elle retourna à son appart et y trouva Rachelle, elle était au téléphone. Elle s'assit près d'elle et attendu qu'elle eu fini son appel téléphonique pour lui annoncer la nouvelle.

— Rachelle, j'ai trouvé un appart. Je peux emménager sans problème samedi prochain.
— Samedi prochain! Et toi qui disais que Sylvio et moi étions vites en affaires. Mais tu sais très bien que tu pouvais garder l'appart ici, mais parents n'ont aucune objection.
— Je sais, mais j'aime bien l'appart que je me suis trouvé je pourrais le payer moi-même. Je ne me sens pas bien de dépendre de tes parents pour payer l'appart maintenant que je travaille.

Nadia n'aimait pas vraiment l'appartement, mais elle n'avait aucun choix avec juste le petit salaire, elle ne pouvait payer plus. Rachelle alla

s'installer la semaine même dans la maison de
Sylvio et Nadia emballa toutes ses choses.

— Comment allons-nous nous organiser
Rachelle? Puis-je savoir ce que tu veux apporter?

— Nadia, je n'apporte aucun des meubles chez
Sylvio, il a tout et cela serait de nous embarrasser
pour rien. Je te donne tout. Je n'apporte que mes
choses personnelles.

— Tout, mais je vais te les payer les meubles
voyons. Tu as payé ta part. Ou plutôt tes parents.

— Non, il y a assez que je te mets un peu dans
l'embarras à la dernière minute, s'il vous plaît
garde tout. Sylvio a déjà une maison bien remplie
et des meubles bien plus beaux que les nôtres.

— Oui, je sais. Merci tu es si gentille pour moi
Rachelle. Je ne sais pas ce que je ferais sans toi.

— Pour ce qui est du camion et de l'aide pour
ton déménagement, Sylvio m'a donné le nom de
déménageurs.

Le samedi suivant, le déménagement
s'effectua sans problème. Nadia était quand même
contente de se retrouver seule. Max pourrait venir
n'importe quand, sans ressentir qu'il pourrait
déranger Rachelle.

Ce soir-là, Sylvio amena Rachelle et Nadia
souper au restaurant. Nadia entra chez elle et fini
de s'installer assez rapidement. Elle se sentit
soudainement très seule. Ses sentiments étaient

tout mélangés, elle se sentait seule, contente
d'avoir son appart à elle, mais quelque chose lui
manquait…Max.

Rachelle avait beaucoup de chance d'avoir
Sylvio, il était toujours ensemble et Sylvio était à
l'aise monétairement. Il était avocat à la firme de
son père ainsi que son frère aîné.

Bon! Maintenant il fallait penser au mariage
de sa meilleure amie. Elle se mariait dans une
semaine. Soudainement sa vie changeait
complètement et à une vitesse à lui couper le
souffle. Le dimanche, Nadia trouva un cadeau
pour les nouveaux mariés. Elle trouva aussi sa
robe pour l'occasion, elle lui allait à merveille,
d'un bleu pourpre, de la même couleur que les
yeux de Max. Elle se permit aussi de s'acheter de
nouveau sous-vêtement, justement pour les beaux
yeux de Max.

Nadia satisfaite de ses deux journées passées
décida de prendre un bon bain et de laisser ses
pensées aller. Max lui manquait énormément.
Soudain un soupçon éveilla tout à coup en elle une
peur. Elle pensait à ce que Rachelle lui avait dit
sur Max. Elle décida de questionner bien
adroitement ses collègues de travail et de dîner à
son bureau pour voir qui lui apportait le courrier,
puisque le courrier était toujours sur son bureau à
son retour. Elle sortit du bain et alla directement

se coucher avec la ferme intention d'éclaircir cette question le lendemain. Le déménagement l'avait énormément fatiguée. Margré cela, elle était prête pour le travail le lendemain matin.

Cette idée à savoir si Max pouvait lui mentir la rongea une partie de la nuit. Quand elle entra au travail le lendemain, quelle ne fut pas sa surprise quand elle entra dans le bureau! Une autre assistante était assise à son bureau et M. Jim Wilson était là, assis à l'attendre.

— Bonjour Mlle Sirois.

— Bonjour M. Wilson.

— Mlle Sirois, vous êtes licenciée sur-le-champ. Veuillez prendre vos effets personnels et sortir de cet édifice.

— Mais que voulez-vous dire par là? Je fais mon travail très bien, il me semble, vous n'avez aucun droit de me mettre à la porte de cette façon.

— Sachez que j'ai tous les droits. Et je vous laisse la chance de vous trouver un autre emploi, mais si je le voulais mademoiselle, je pourrais utiliser mon influence et vous ne pourriez trouver aucun emploi disponible pour vous dans tout Hollywood. Et que je ne vous vois plus jamais vous mêler à la famille Wilson je ne veux plus vous revoir près de cet édifice.

Nadia n'eut pas le temps de riposter, il était parti à grande enjambée. Elle avait tellement honte qu'il lui est fait cela devant la nouvelle assistante, il l'avait traité comme une voleuse. Elle ne comprenait pas. Elle prit ses effets personnels et sortis de cet endroit au plus vite. Elle marcha longtemps dans les rues et ce demanda ce qu'elle avait bien pu faire de si mal pour mériter une chose pareille, et pourquoi disait-il de ne jamais plus se mêler à la famille Wilson. Probablement avait-il beaucoup de boutiques et autres commerces à lui? Nadia prit le bus et se rendit finalement chez elle et elle eut envie d'appeler Rachelle, mais elle se ravisa. Rachelle devait être très occupée avec la préparation de son mariage. Celle-ci n'avait vraiment pas besoin de cela cette semaine. Elle attendrait un peu après le voyage de noces de ceux-ci pour lui en parler.

Mais tout à coup Nadia repensa à la ressemblance qu'il avait avec Max. Mais Max lui aurait dit si c'était quelqu'un de sa famille. Il a parlé de lui comme étant M. Jim Wilson. Il valait mieux ne plus y penser et essayer d'être positive et se trouver un autre emploi au plus vite. N'ayant pas eu le temps de faire des économies, avec le nouvel appart à payer. Il n'était pas question d'emprunter de l'argent à Rachelle ou à ses parents. Ils avaient déjà toujours tous payé pour elle après la mort de ses parents. Nadia avait insisté pour prendre l'argent de l'héritage de ses parents pour payer ses études.

Quand Max est parti, elle avait cru qu'elle serait seule tous les soirs à s'ennuyer chez elle, mais tout au contraire, depuis qu'il était parti, elle n'avait même pas eu le temps de respirer et elle n'avait eu que des obstacles devant elle. Et par-dessus le marché, Max n'avait pas téléphoné de la semaine comme promise. Elle décida qu'il serait préférable de ne pas faire le branchement du téléphone et de juste garder son cellulaire. Mais Max n'avait pas son numéro de cellulaire. Elle essayerait de téléphoner à son bureau pour pouvoir le joindre.

Le mariage de Rachelle et Sylvio était le lendemain et elle n'avait toujours pas trouvé d'emploi, elle aurait voulu en parler à Rachelle. Elle décida de partir faire les magasins pour se trouver un sac à main et des souliers pour coordonner avec sa robe.

Les parents de Rachelle arrivaient aujourd'hui et Nadia devait souper avec eux, ainsi que Rachelle et Sylvio. Nadia et Rachelle furent très contentes de revoir leurs parents de Rachelle. Ils sortirent tous pour souper et la fête allait bon train. Sylvio décida qu'il était temps de rentrer pour pouvoir être en forme le lendemain. Ils reconduisirent Nadia vers 12h45.

Le samedi matin, Nadia était prête, elle attendait la voiture que Rachelle avait envoyée pour la chercher. Elle se laissa aller à ses pensées et soudain, elle avait été tellement occupée ces temps-ci qu'elle n'avait pas eu ses règles à la date prévue. Probablement trop de bouleversement dans sa vie. Max qui était parti pour un mois, Rachelle qui se mariait en un temps record, son déménagement et la perte de son emploi, cela était probablement bien assez pour déranger son corps.

La sonnette retentit, ce devait être la voiture que Rachelle lui avait envoyée. Nadia fût surprise de voir Luc sur le bord de la porte.

– Bonjour Nadia, tu es prête?

– Oui, bonjour Luc, je suis contente que ce soit toi.

– Rachelle t'attend avec impatience.

– Je l'imagine facilement, elle doit être très excitée.

– Oui et Sylvio aussi, je ne les ai jamais vus comme cela.

Il amena Nadia chez Rachelle et Sylvio. Celle-ci fût enchantée de voir son amie. La maison était une très belle villa. Nadia était très émue pour Rachelle. Elle n'avait encore jamais vu Rachelle dans un tel état. Elle parlait s'en s'arrêt.

– Rachelle calme-toi, tu n'arrêtes pas de dire des sottises. Je n'ai rien compris de tout ce que tu m'as dit depuis que je suis entrée dans la chambre.

– Oui, je suis très nerveuse, je crois.

– Oui, mais tout va bien aller, ne t'inquiète pas.

Luc passe les prendre à l'hôtel à 11h30. Ma mère m'a fait un de ses sermons hier parce que je lui ai donné que deux semaines d'avis, tu te réalises. Mais, comme je connais bien ma mère, aujourd'hui elle ne m'en voudra plus. Je suis quand même sa fille unique. Mais ils ont été très déçus que ce ne soit pas un gros mariage. Mais, c'est ce que Sylvio et moi voulions.

Les parents de Rachelle arrivèrent comme prévu, et comme Rachelle l'avait bien dit, sa mère n'était plus fâchée du tout. Nadia s'installa au salon avec eux et ils discutèrent le temps que Rachelle soit prête pour partir à l'église.

La mère de Rachelle prenait Nadia comme sa propre fille, elle l'avait élevé et aimé depuis que celle-ci avait treize ans.

– Nadia, tu es très pâle aujourd'hui. La vie n'a pas l'ère de t'avoir gâté autant que Rachelle. Rachelle m'a parlé de ton copain que tu aimes beaucoup, mais qui part souvent pour des voyages.

– Oui, c'est vrai que je l'aime beaucoup et il part souvent, c'est aussi vrai. Mais notre relation ne vient que de commencer, alors je ne peux me prononcer pour l'instant.

– J'aurais bien aimé le rencontrer.

– Ce sera probablement pour une autre fois.

Le mariage fut splendide. La journée était parfaite, très ensoleillé, température parfaite. Tous les invités étaient là, personne ne manquait à ce mariage à l'exception de Max. Après le mariage, il y eut un merveilleux repas et pendant la soirée, Rachelle prit Nadia à part et voulut lui expliquer que leur voyage de noces était pour être plus long que prévu. Sylvio et elle partaient le lendemain pour une longue croisière d'un mois.

Nadia entra un peu plus tard chez elle avec un sentiment de solitude, on aurait dit que tous l'avaient abandonné.

La semaine qui suivie, Nadia se trouva un autre emploi. Elle était satisfaite, mais elle était encore moins bien payée que chez Wilson et fils. Tout de même, elle serait bien capable d'arriver avec toutes ses dépenses.

Nadia essaya de rejoindre Max à son travail, mais elle ne put avoir le bureau de Max. C'est comme si la réceptionniste avait été avisée de ne pas transférer ses appels. Une semaine plus tard,

Max devait être revenu au travail et Nadia se décida à téléphoner chez Wilson et fils de nouveau. Elle demanda à parler à Max, le superviseur du département de la poste. Elle s'excusa de ne pouvoir fournir son nom de famille. Il n'y a aucun superviseur du département de la poste du nom de Max.

Le téléphone sonna. Elle décrocha toujours avec la même espérance…que Max l'ait retrouvé.

— Bonjour Nadia, c'est Dr Shelby, je voulais vous communiquer votre résultat. Vous êtes certaine Nadia.

— Ah! bon.

— Nadia, j'aimerais que vous passiez me voir d'ici deux semaines et nous en discuterons. Passez par mon assistante pour prendre rendez-vous.

— Très bien, merci au revoir.

Nadia raccrocha le combiné, elle était très déçue et surprise. Elle se demandait comment elle avait pu être aussi bête de faire l'amour avec un homme donc elle ne connaissait même pas son nom de famille. Elle ne comprenait rien à tout cela. Une chose était certaine, c'est qu'elle ne voulait plus entrer dans cet édifice et qu'elle irait l'attendre à la sortie de son travail. Elle essaya de ne plus y penser et se concentra sur son travail.

Chaque jour devenait de plus en plus pénible et elle s'efforça, à se concentrer sur son travail. Elle y restait très longtemps le soir étant donné qu'elle n'avait rien n'y personne qui l'attendait et qu'il y avait beaucoup de travail. Cela lui donna une possibilité de faire des heures supplémentaires pour économiser pour les jours sombres, tout en pensant que les jours sombres, c'était maintenant.

Nadia était contente de savoir que Rachelle revenait le samedi suivant, déjà un mois avait passé et elle n'avait toujours pas entendu parler de Max qui depuis deux semaines était rentré. Elle décida de ne pas rester après les heures de travail ce soir-là. Son visage avait des signes de fatigue évidente. Elle prit un journal qui était resté sur le banc d'autobus et se disait que pour se changer les idées, elle le lirait ce soir chez elle.

Après avoir soupé et pris son bain, elle s'installa dans un fauteuil et avant même d'ouvrir le journal, elle vit le nom de M. Jim Wilson. Celui-ci parlait de son grand pouvoir et du mariage de son fils unique. Nadia n'ouvrit même pas le journal, elle le repoussa. Elle ne sut donc pas le nom de son fils et sa future et ne vit pas la photo qui était de l'autre côté de la page. Juste de voir le nom de M. Wilson lui avait soudainement coupé l'envie de lire le journal, ses souvenirs étaient trop douloureux. Elle ne comprenait toujours pas pourquoi il l'avait mise à la porte si subitement et sans explication. Elle déposa le journal dans la corbeille à papier et ce coucher. Elle se demandait encore les mêmes questions, pourquoi l'avoir mise à la porte.

Nadia dormit un peu plus tard aujourd'hui, c'était jeudi et elle avait pris deux jours de congé. Rachelle arrivait demain. Elle voulait être en pleine forme pour son amie. Elle repensa à M. Wilson et à l'avertissement qu'il lui avait donné, ceci lui revient constamment à l'esprit "ne vous mêlez plus à la famille Wilson". Puis elle se mit à penser tout ce qui s'était passé depuis la première journée où elle avait rencontré Max. Cet homme si mystérieux. La seule chose qu'elle savait sur Max était son prénom et comme il était beau et aimant avec elle. Mais peut-être ne voulait-elle pas en savoir plus. Il n'avait jamais fait allusion à l'inviter chez lui ou simplement en publique. Elle ne pouvait même plus le rejoindre à moins qu'elle se rendre à la sortie de son travail. Il n'y avait même pas de Max qui s'occupait du courrier chez Wilson et fils. Nadia pensa à nouveau que la réceptionniste avait été avertie par M. Wilson de ne pas lui passer Max, qui sait. Elle ne savait plus quoi penser. Peut-être que son prénom n'est même pas Max. Nous sommes à Hollywood après tout.

Elle se mit à pleurer, elle ne pouvait croire qu'elle se retrouve seule sans Max. Elle laissa allez ses larmes et ses pensées. Rachelle arriva le lendemain et Nadia ne savait vraiment pas comment elle allait lui annoncer la nouvelle. Nadia ne pouvait trouver le sommeil pour une deuxième nuit consécutive, elle était exténuée.

Le lendemain elle décida d'appeler Rachelle, elle avait très hâte de la revoir et peut-être qu'elle pourrait l'aider à faire son choix final avec son nouveau problème...comme si elle avait besoin de cela. Son choix devait se faire dans les plus brefs délais.

— Rachelle c'est Nadia. Ça va.

— Oui et toi.

— Oui, mais j'ai très hâte de te revoir. Que dirais-tu d'aller souper ce soir?

— Malheureusement je ne peux pas ce soir. Nos amis donnent une réception pour notre retour. Mais tu pourrais venir.

— Oui, si tu veux, je suis si impatiente de te revoir. Pourquoi ne dînerions-nous pas ensemble d'abord.

— Je suis partante pour le dîner et toi pour la réception de ce soir. C'est au Hilton dans la salle bleue. Mais Nadia, je veux que cette fois-ci tu amènes Max, je ne l'ai encore jamais rencontré.

— Non Rachelle, c'est vraiment impossible. Je t'expliquerai.

— D'accord. Je passe te chercher dans une heure.

Rachelle vient rejoindre Nadia pour le dîner. Elles étaient tellement heureuses de se revoir. Elles partirent pour dîner et une fois installées au restaurant, Nadia commença à pleurer à chaude larme.

— Mais voyons Nadia, que se passe-t-il? Laisse-moi deviner, Max n'est plus dans ta vie.

— Oui et non. Avant ton départ, une semaine avant plus exactement, je suis entré au bureau et M. Wilson m'a licencié sans préavis et il m'a demandé de ne plus jamais remettre les pieds dans ses édifices et de ne plus me mêler à la famille Wilson. Je ne comprends toujours pas. Je me suis trouvé un autre emploi, mais le problème n'est pas là. J'ai téléphoné pour parler à Max dès son retour et la réceptionniste m'a répondu qu'il n'y avait pas de Max superviseur du département de la poste. Ce n'est pas le pire.

— Il y a pire.

— Oui, j'ai su hier que j'attendais un enfant. J'ai détruit ma vie en l'espace d'une soirée.

— Non, ce n'est pas vrai! Pourquoi n'as-tu pas pris les moyens nécessaires?

— Je ne l'ai su qu'avant-hier. D'après le médecin, il est trop tard pour terminer la grossesse, il dit que cela serait très risqué pour moi. Je ne sais plus quoi faire Rachelle.

— Mais oui, mais pourquoi ne t'es-tu pas protégé, je ne comprends pas Nadia?

— Oui je sais. Tout est de ma faute, j'aurais dû me retenir et Max n'avait pas de condom la première fois que nous avons fait l'amour et d'après les calculs du médecin, c'est effectivement là que nous aurions conçu le bébé. C'était si intense, que ni lui ni moi n'avons pu ou voulu nous retenir.

— Dans ce cas, il me semble que c'est aussi son problème. Il devrait aussi accepter les conséquences. Essaie de le contacter d'une autre manière, s'il s'appelle vraiment Max. Tu pourrais te rendre où vous alliez, peut-être y va-t-il régulièrement.

— La seule place que nous allions était sur la plage, à l'hôtel et chez nous.

— J'ai pensé que je pourrais aller l'attendre à la sortie du bureau, mais à bien y penser, je n'avais pas pensé d'aller sur la plage. J'espère juste ne pas le trouver avec quelqu'un d'autre.

— Oui l'amour fou, ce que cela peut faire. Je te conseille d'essayer de le voir et le mettre au courant. Ensuite tu pourras juger d'après sa réaction. Et de toute façon il faut que tu gardes le bébé, tu ne dois pas prendre aucun risque pour toi Nadia. Promets-moi.

— Oui, c'est ce que je vais faire, je crois.

— N'oublie pas. Je ne veux pas perdre ma sœur.

— Ah! Ah! Ah!

— Veux-tu toujours faire les magasins après le dîner?

— Oui, cela me fera du bien.

Nadia et Rachelle passèrent toute l'après-midi dans les magasins. Nadia n'avait d'yeux que pour les jouets d'enfants. Rachelle s'en aperçut et elle s'excusa pour aller aux toilettes quelques minutes et alla acheter un joli toutou en peluche blanc. À la sortie du magasin, Rachelle tendit le toutou à Nadia. Celle-ci faillit fondre en larmes.

— Tu sais Rachelle, j'ai autre chose à t'avouer.

— Il ne peut pas y avoir pire, va s'y, je t'écoute.

— Je crois que je ne devrais pas prendre le risque de me faire avorter. Je ne suis pas capable de penser à cela. Ça me brise le cœur juste d'y penser, je ne peux me résigner à tuer un enfant. Et j'ai beaucoup trop aimé Max dans cette courte période, et je l'aime toujours.

— Je te comprends Nadia, je n'aurais pas pu le faire moi non plus. Mais je ne peux comprendre que tu dis que tu l'aimes toujours, il t'a peut-être menti.

Rien ne prouve qu'il m'a menti. Et pour l'enfant, bien je crois qu'il sera aussi surpris que moi. Il a sa part dans cela, car il m'avait dit que s'il n'éjaculait pas en moi, qu'il n'y avait pas de danger.

Elles retournèrent chez Nadia pour prendre quelques affaires et se rendirent chez Rachelle avant de se rendre à la réception. Après la réception Nadia se prépara à se coucher et ses pensées voguèrent encore vers Max, mais maintenant aussi vers le bébé, un enfant de l'homme qu'elle aurait surement aimé le plus au monde. Même si Max n'accepte pas sa responsabilité, qu'il lui est menti ou pas, Nadia ne pourra jamais le haïr. Il restera à jamais dans son coeur.

Les semaines passèrent et Nadia se rendit à deux reprises au travail de Max et à la plage, sans succès. Elle ne le revit jamais. Elle ne voulait maintenant plus lui faire face, car son état devenait maintenant trop évident. Elle ne se rendra plus à la plage, de peur de le voir avec une autre femme. Les larmes oculaires sur ses joues. Elle ne savait plus quoi faire pour essayer de le contacter sans qu'il la voie. Elle aimait tant cet homme.

Rachelle acceptait très mal que Nadia ne se manifeste pas auprès de Max, elle ne voulait plus le joindre.

— Nadia, si tu n'essaies pas de le joindre pour l'informer que le bébé naîtra en mars, après ce sera peut-être plus dur pour lui de l'accepter.

– Je suis déjà enceinte de six mois, est-ce que tu te réalises?

– Nadia, tu finis toujours par changer de conversation. Je crois que si tu l'aimes, tu dois tenter ta chance. Tu n'as rien à perdre.

– Très bien, mais comment?

– Je m'en occupe. Je vais téléphoner chez Wilson et fils.

– Tu es si gentille pour moi.

– C'est la moindre des choses Nadia, tu es comme ma sœur. Et je vais maintenant être tante, c'est merveilleux.

– Et marraine je l'espère. Tu demanderas à Sylvio si cela l'intéresse d'être parrain.

– Ah! c'est merveilleux! Mais certainement qu'il dira oui. Il adore les enfants.

– Et vous deux, quand pensez-vous en avoir?

– Peut-être dans un an ou deux, Sylvio est tellement occupé en ce moment.

– Tu as beaucoup de chance Rachelle d'avoir marié l'homme que tu aimes.

– Nadia, je te promets que je vais retrouver Max pour toi.

Rachelle se rendit la semaine suivante chez Wilson et fils. Elle se rendit voir la réceptionniste.

– Bonjour Mlle, j'aimerais parler avec un monsieur du nom de Max, je ne sais pas par contre son nom de famille.

— M. Max Wilson?

— Oh non! je ne crois pas. Il est superviseur du département de la poste.

— La personne ici au nom de Max est le seul et c'est, M. Max Wilson Madame, désolée.

Rachelle repartit. Elle se rendit chez elle et téléphona Nadia à son travail. Elle raconta à celle-ci comment sa visite chez Wilson s'était déroulée. Nadia était très déçue, elle se rendait à l'évidence qu'elle ne saurait pas plus que son enfant le nom du père de celui-ci. C'était affreux à ses yeux.

Noël approchait à grands pas. Nadia commençait ses achats pour Noël. Elle n'avait que Rachelle, Sylvio et les parents de Rachelle qui viendraient passer Noël chez Rachelle. Nadia décida de s'acheter une très jolie robe, des souliers assortis et le sac à main. Revenue à la maison, elle essaya sa robe et se regarda dans le miroir. Elle était fière de l'image qu'elle reflétait.

Rachelle de son côté, ne pensait qu'à Nadia. Elle voulait l'aider du mieux qu'elle le pouvait. Elle pensait et repensait à sa visite chez Wilson et fils et à tout ce que Nadia lui dit au sujet de Max. Elle appela Nadia et lui demanda si elle était sure qu'il ne lui avait jamais dit son nom de famille.

– Non Rachelle, nous buvions du vin, mais pas à ce point. Je me rappellerais.

– Si jamais tu te souviens, fais-le-moi savoir.

Rachelle raccrocha et décida de tenter sa chance. Elle retourna chez Wilson et fils et demanda à voir M. Max Wilson. La réceptionniste fit un téléphone et indiqua à Rachelle de se rendre au troisième étage.

– Bonjour, pourrais-je voir M. Max Wilson s'il vous plaît?

– Vous avez un rendez-vous, madame.

– Non, mais je dois absolument lui parler.

– Je regrette, vous devez prendre rendez-vous et le prochain rendez-vous que j'aurais à vous offrir est le 12 février. M. Wilson par dans deux jours et il ne revient que le 1er février.

– Rachelle était déçue de ne pouvoir le joindre avant cela. Elle décida de se rendre chez elle et de lui téléphoner. Max n'était pas là, il devait être de retour en début d'après-midi. Rachelle décida de laisser un message.

– C'est de la part de qui?

– Rachelle pensa avant de répondre et décida de laisser le nom de Nadia, elle verrait bien s'il la rappellerait et à quelle vitesse.

– Nadia Sirois au 991-4688.

– Max téléphona chez Rachelle en tout début d'après-midi.

– Nadia Sirois s'il vous plaît

– Bonjour Max, Nadia n'est pas ici, c'est
Rachelle sa meilleure amie. J'ai donné son nom ce
matin quand je vous ai laissé un message, car mon
nom ne vous aurait rien dit et j'avais vraiment
besoin de vous parler.

– Oh! mais Nadia va bien je l'espère. J'ai
essayé de la contacter de toutes les façons
possibles.

– Auriez-vous le temps cet après-midi de me
rencontrer au restaurant chez Gorgiano?

– Oui, sans aucun problème. À quelle heure?

– Disons dans une heure.

– Très bien, j'y serai.

Rachelle était si contente de voir qu'il l'avait
cherché lui aussi. Elle était contente pour Nadia.
En même temps elle était très surprise de voir que
son Max était Max Wilson. Bizarre qu'il lui a dit
être le superviseur du département de la poste. Il y
a anguille sous roche et elle avait bien l'intention
de découvrir le pourquoi.

– Elle alla rejoindre Max au restaurant.

Max en sortant de son bureau, demandèrent à
son assistante d'annuler tous ces rendez-vous de
l'après-midi.

— Est-ce que j'annule aussi le souper avec M. Johnson?

— Oui, annulez tout pour aujourd'hui.

— Il se rendit au restaurant et attendit Rachelle.

— Bonjour, je viens rejoindre un M. Max Wilson.

— Par ici madame.

— Bonjour Rachelle.

— Bonjour Max. Nadia m'a beaucoup parlé de vous. Bon, je ne sais pas par où commencer. C'est un peu compliqué.

— Vous pourriez peut-être me dire comment va Nadia et où elle est disparue.

— Elle va bien. Je vais commencer par le début. Nadia est entrée au travail un matin quand vous étiez en voyage et M. Wilson, votre père je présume, là mise à la porte de Wilson et fils et l'a averti de ne plus jamais se mêler à la famille Wilson, car elle ne pourrait plus subvenir à ses besoins, il ferait en sorte qu'elle ne trouve aucun emploi dans tout Hollywood. Elle n'y comprenait rien. J'ai décidé de l'aider à vous retrouver et en repensant à ce que la réceptionniste de Wilson et fils m'avait dit hier, qu'il n'y avait qu'un Max à vos bureaux et que c'était Max Wilson. Nadia est toujours sur l'impression que vous êtes le superviseur du département de la poste…ce qui m'étonnerait.

— Ah non! c'est un mal entendu que j'ai créé pour ne pas qu'elle ait peur de me parler ou de dîner avec moi. Le premier jour que Nadia est arrivée dans nos bureaux, Jack était sur le point d'entrer donner le courrier à Nadia, j'ai décidé de prendre le courrier et de lui apporter pour me donner une raison d'entrer dans son bureau et depuis, chaque jour Jack m'apportait son courrier à ma demande et je lui apportais en après-midi. Toute cette confusion par ma faute.

— Bon, vous auriez dû remédier à cela plus vite quand même. Vous la laissiez dans l'ignorance. Avec tout cela, elle ne sait même pas votre nom de famille. J'ai hâte de lui voir la tête. Pour continuer, je me suis marié et je ne lui ai donné que deux semaines d'avis. Nadia préférait ne pas garder l'appartement, alors elle s'est trouvé un autre logement. Ce qui fait qu'elle n'habite plus au même endroit. Nadia croyait vous voir au travail comme à l'habituel. Elle s'est trouvée en autre emploi, tout cela s'est passé pendant votre départ.

— Maintenant je comprends tout.

— Mais, je regrette Max. J'ai autre chose à vous dire.

— Que peut-il y avoir de plus

— Aimiez-vous vraiment Nadia?

— Oui, je l'ai cherché partout. Je suis retourné plus d'une fois à la plage, espérant la trouver. J'ai questionné le concierge où vous habitiez, sans résultats. J'ai même questionné certains employés au bureau et personne ne pouvait m'aider. Même son patron me disait que Nadia était partie sur une base volontaire. Ce que je comprends maintenant.

– Très bien, alors je vais aller jusqu'au bout. Le premier soir où vous avez fait l'amour avec Nadia, c'était sa première fois.

– Je l'ai aussi constaté. Mais où voulez-vous en venir Rachelle, c'est très personnel vous ne croyez pas.

– Nadia ne prenait aucun moyen de contraception à ce moment. Elle est allée pour chercher une ordonnance chez le médecin, mais celui-ci n'a pu juste constater qu'elle était déjà enceinte. Toutes mes excuses si je vous surprends un peu.

– Tu vois Rachelle, je suis surpris, car je m'étais mis dans la tête que Nadia ne voulait plus de moi. En même temps, je ne le suis pas vraiment parce que ce soir-là, nous étions si épris l'un de l'autre, je crois que ni Nadia ni moi n'aurions pu aller contre nos sentiments. Je regrette de ne pas l'avoir su plutôt.

– Je vous écoute et je suis très contente d'entendre ce que vous me dite Max, Nadia a les mêmes sentiments pour vous, c'est pour cela que j'ai décidé de l'aider à vous retrouver. Mais elle avait peur de la situation, que vous n'acceptiez pas de la revoir à cause du bébé ou autre raison.

– Quand Nadia va-t-elle avoir le bébé?

– Au mois de mars.

– C'est quand même terrible. Je l'aime
tellement. S'être perdu sans raison. Ou plutôt avec
les tactiques mesquines de mon père.

– Voulez-vous la rencontrer?

– Certainement. Où habite-t-elle?

– Dans le cartier Brown. Voici son adresse et
son numéro de cellulaire. Je crois qu'elle sera très
contente et surprise de vous revoir.

– Moi aussi, je dois vous avouer quelque
chose avant que je rencontre Nadia.

– Quoi donc.

– Je dois me marier dans deux mois.

– Oh non! mais vous disiez l'aimer!

– Mais je l'aime toujours. Je me sens
soudainement pris entre deux feux.

– Je vous comprends, mais en même temps
pensez-y avant de la contacter, car elle a eu très
mal, elle a toujours mal. Alors si vous la
contactez, s'il vous plaît ne la faites pas plus
souffrir. Bonne chance.

Rachelle appela Nadia pour l'inviter à souper
ce soir-là. Elle alla la chercher au bureau. Rachelle
lui expliqua sa journée sans mentionner la
rencontre avec Max.

– Ho! Attend Rachelle, mon cellulaire sonne.
Oui allo.

– Bonjour Nadia.

— Max !

Les larmes se mirent à couler.

— Max tu m'as tellement manqué.

— Moi aussi mon bel amour. Je crois qu'on devrait se voir. Est-ce que je pourrais passer ce soir?

— Oui certainement. J'ai tellement de choses à te dire.

Nadia lui donna son adresse. Elle était très excitée d'enfin revoir Max et gênée d'être enceinte. Mais rien ne pouvait l'empêcher de recevoir Max ce soir chez elle.

— Rachelle, c'était Max. Tu pourrais me reconduire chez moi tout de suite. Max passera me voir dans une heure.

— Mais oui sans problème.

Rachelle espérait que Max était bien pour suivre son conseil de ne pas faire souffrir Nadia de nouveau.

La sonnette retentit, c'était Max avec une douzaine de roses et un toutou en peluche jaune.

— Max.

— Nadia, comment avons-nous pu nous perdre?

– Les circonstances de la vie, malheureusement.

– Nadia, je t'aime tellement, mon bel amour.

Nadia s'élança dans les bras de Max, il était si beau, ses yeux brillaient d'éclats. Elle se mit à pleurer à chaude larme.

– Je t'aime aussi Max. Tes fleurs sont magnifiques. Merci

– Les roses sont pour toi…et le toutou est pour notre enfant.

Nadia fît faire le tour de l'appartement à Max et celui-ci ne put s'empêcher de l'entrainer vers la chambre où ils firent l'amour tout l'après-midi. Ils se firent un léger souper et retournèrent au lit. Max resta pour la nuit. Nadia se blottit contre lui. Au matin, Nadia était tellement reposée, elle n'avait pas si bien dormi depuis si longtemps.

Max partit pour le travail et il promit à Nadia de tout arranger au sujet de son père. Il revendrait dans quelques jours.

Nadia repensa à tout cela et il lui revient à l'idée l'article dans le journal qu'elle n'avait pas lu, elle l'avait déposé dans la Corbeil à papier. Elle se rappela avoir lu le fils unique de Jim

Wilson. Elle décida de reprendre ce journal et de lire l'article. Elle apprit donc que Max était sur le point de se marier. Pourquoi ne lui a-t-il pas dit cela? Elle aurait quand même préféré qu'ils en discutent hier.

Nadia prit les deux prochaines journées de congé. Elle était si émue et impatiente de revoir Max. Elle ne pouvait penser qu'à cela. Finalement, après un jour seul, Nadia trouva le temps très long à attendre Max. Une peur l'envahissait, allait-elle oui ou non revoir Max. Avec toute cette histoire de mariage, son père qui l'avait chassé.

– Deux jours plus tard, Max lui téléphona.
– Pourrais-je aller chez toi ce soir, je voudrais te parler à propos de nous.
– Oui, je crois que cela est essentiel. Je t'attendrai.

Vers 19h00 Max arriva chez Nadia. Ils s'installèrent au salon pour discuter.

– Max, quelque chose ne va pas, c'est surement à cause de ma condition, n'est-ce pas.
– Écoute Nadia, je t'aime plus que tout au monde. Je veux tout autant que toi cet enfant. Je suis son père.

— C'est ton père, c'est ça? Il m'a bien dit de ne plus jamais me mêler à la famille Wilson, ce que je ne comprenais pas, mais maintenant oui.

— Ça n'a plus aucune importance maintenant. Vois-tu, c'est que mon avenir était déjà tout tracé et je n'ai aucun droit sur la compagnie Wilson & fils avant de m'être marié. Mon père veut s'assurer que la génération des Wilson continue au sein de sa compagnie. Ce qui veut dire que si je me mari, mes droits dans la compagnie deviennent égaux à ceux de mon père. Le problème est que je lui ai annoncé que je t'avais retrouvé et que j'étais pour me marier comme prévu, mais avec toi. Il m'a fait une scène et il va me déshériter si nous nous marions. Tu comprends Nadia, mon père fait ce qu'il veut avec qui il veut. Si je ne marie pas celle qu'il veut comme belle-fille ou celle qu'il accepte, je suis foutu.

— Je comprends, tu viens me dire que tu ne veux plus me revoir.

— Oh no!, je te veux et comme tu es. Mais toi Nadia, m'accepterais-tu sans rien. Il me faudra trouver un emploi.

— Max, le problème n'est pas là. Je n'ai aucun problème à te prendre sans rien. Tu vois, le problème est que tu devrais peut-être prendre le temps de réfléchir, car si ton père décide qu'il t'empêche de trouver un emploi partout dans Hollywood. Là nous risquons aussi de devoir déménager de Hollywood.

— Peu m'importe, je t'aime Nadia et je veux être avec toi.

— Alors je t'accepte les bras grands ouverts.

Max alla prendre tous ses effets personnels chez lui et laissa une note à son père. ''Papa, tu ne veux pas de Nadia et de mon enfant…alors, je ne veux pas de ta compagnie. Je regrette, mais j'aime Nadia et j'ai l'intention de réparer ma faute. Ne t'occupe pas d'annuler mon mariage avec Shella, je m'en occuperai moi-même''.

Nadia et Max étaient maintenant réunis. Tout ce que Nadia avait espéré était assis au salon avec elle, Max.

— Jim Wilson entra chez lui et ne trouva pas le message de Max immédiatement. La servante lui apporta le lendemain matin. Il le lut et se dit que cela n'était qu'une passade, un coup de tête. Il n'en fit rien.

Max était devenu avec le temps très pensif, il n'arrivait pas à trouver un emploi. Tous connaissaient son père et personne n'osait l'employer. Nadia s'en aperçut. Elle alla s'asseoir avec lui au salon pour en discuter.

— Mon chéri, tu penses beaucoup trop.
— Je m'y attendais. Ils ont tous peur de me donner un emploi à cause de mon père.

— Oui je comprends, c'est pourquoi j'ai parlé à mon employeur et il va te prendre sur essais. Une des employées part justement et nous avons besoin de la remplacer. J'étais pour en discuter avec toi ce soir, mais tu sembles tellement déprimé que j'ai décidé de t'en parler maintenant.

— Merci Nadia, mais crois-tu que je pourrais y penser?

— Oui, mais ne tarde pas à me donner une réponse, car nous avons vraiment besoin d'un remplacement dans les plus brefs délais. Par contre, je ne veux pas que tu prennes l'emploi si tu ne penses pas l'aimer.

Max avait essayé de trouver un emploi auprès de tous ses amis et ceux de son père, mais celui-ci l'avait devancé. Ils les interdisaient d'employer son fils, car il les conduirait à la faillite et tous le croyait bien capable.

Le lendemain, Max décida de foncer. Il partit avec Nadia pour rencontrer son patron. Il était très sympathique et Max évalua la situation et décida d'essayer l'emploi, même s'il se sentait profondément dégradé. Il débuterait donc après le jour de l'an.

Max et Nadia étaient invités à passer Noël chez Rachelle et Sylvio. Max reconnut Sylvio. Sylvio était un des avocats de la compagnie

Wilson & fils. Max prit Nadia à part, il ne se sentait pas bien dans sa peau.

— Oh, Nadia je me sens un peu mal à l'aise ici.

— Que se passe-t-il, tu ne te sens pas bien.

— Oui je me sens bien, mais je suis mal à l'aise, car j'étais un peu en sorte le patron de Sylvio et là.

— Je comprends Max. Nous allons rester une petite heure ou deux et nous partirons.

— Toutes mes excuses Nadia, ce n'est pas de la faute de tes amis, c'est tout simplement moi.

— Cela ne fait rien. Je te comprends très bien.

Ils entrèrent donc très tôt et très déçus de leur soirée de Noël.

Entre Noël et le jour de l'an, Max dut se rendre auprès de Shella et de lui annoncer que leurs fiançailles étaient rompues et qu'il n'y aurait donc pas de mariage futur. Il lui expliqua un peu la situation, car il la respectait et comprenait le mal que cela pouvait lui faire. Mais il savait très bien que Shella et lui se seraient mariés que pour les convenances, un mariage sans amour.

— Te rends-tu compte Max de ce que tu fais? Me plaquer moi pour une moins que rien qui a bien su jouer son jeu pour t'avoir pris dans un fil d'araignée. Tu crois que je n'ai pas déjà entendu parler du scandale. Et il fallait que j'y sois mêlée.

– Tu n'as aucun droit de traiter Nadia de cette façon, tu ne la connais pas et le scandale que cela à pu faire, je m'en fou, je ne regrette rien. Je l'aime.

Max parti en claquant la porte derrière lui. Tous étaient contre lui. Il en venait à se demander s'il avait fait le bon choix. Mais après plusieurs heures de réflexion, il décida que c'était bien ce qu'il voulait lui, et non son père pour la première fois de sa vie.

Avec tous les commérages et la publicité de Max et Nadia c'est temps-ci, ils décidèrent de passer le jour le l'an à la maison. Max parti avec Nadia pour commencer son nouvel emploi. La journée et toutes les autres se passèrent très bien même si l'adaptation fût un peu difficile pour Max. Max commença à partir de temps à autre, sans mentionner à Nadia où il allait. Il sortit le samedi qui suivit sans dire à Nadia où il allait, comme à l'habitude. Nadia se demandait à qui il rendait visite. Max revient très vite et répondit à toutes les questions que Nadia se posait en silence.

– Nadia, je suis allez chez un ami et c'est un prêtre. Je lui ai demandé de nous marier la semaine prochaine. Qu'en penses-tu?

– Oh! Quelle surprise…Max. C'est merveilleux mon amour, je t'aime tant. Je t'épouserai avec plaisir.

– Moi aussi je t'aime et je veux que tu sois ma femme.

Le samedi suivant, Max et Nadia se marièrent comme prévu. Ce fut un petit mariage. Ils avaient comme invité Rachelle et Sylvio ainsi que le patron de Nadia et Max, puis quelques collègues de travail. Rachelle tenait à faire la réception après le mariage. Ce fut un grand succès, la soirée était parfaite et Nadia était enchantée de voir que Max et Sylvio étaient devenus de très bons amis.

Février débuta et Nadia cessa son travail. Elle trouva merveilleux de rester à la maison. Mars venait à grands pas et Nadia commença à avoir des inquiétudes vis-à-vis l'accouchement. Elle se rendait une fois par semaine chez le médecin. Celui-ci là rassura, tout se présentait très bien pour l'instant. La dernière semaine de février, le médecin lui annonça qu'elle pourrait accoucher avant la date prévue.

Nadia ne tenait plus en place. Elle appela Rachelle pour lui annoncer la nouvelle.

– Tu te rends compte, je vais bientôt avoir le bébé, c'est fantastique. Je suis très fatiguée, mais en même temps je commence à avoir peur Rachelle.

— Ne t'inquiète pas, le médecin a dit que tout s'annonçait très bien. En plus, tu as Max près de toi pour vivre cette belle expérience.

— Oui, mais je crois que je vais quand même commencer à trouver les journées très longues.

— Oui, je te comprends Nadia. Nous pourrions toujours passer quelques jours dans les magasins pour passer le temps.

— Oh non! je ne suis pas en très bonne forme pour passer ma journée dans les magasins. Ça va aller. Tu es très gentille de me l'offrir quand même.

— Alors j'insiste, à partir de demain je vais aller passer les journées avec toi. Nous allons nous retrouver comme avant. Ça me fera même beaucoup de bien à moi aussi.

— Si tu le prends de ce côté, ça me ferait très plaisir. Mais ton travail.

— Bof! Je travaille seulement pour Sylvio maintenant et je travaille de la maison. Alors aucun problème.

— Nadia informa Max de l'offre que Rachelle venait de lui faire et Max apprécia.

Rachelle se présenta donc chaque matin de la semaine qui suivit. Max avait congé la fin de semaine et resterait avec Nadia. Rachelle revient le lundi et demanda à Nadia si elle voulait sortir ou préférait-elle rester à la maison. Nadia décida d'aller magasiner. Il lui fallait sortir en après-midi de toute façon pour se rendre chez le médecin.

Ils partirent de bonne heure et Nadia put finir d'acheter tout ce qu'il lui manquait pour accueillir leur bébé. Rachelle de son côté, avait elle aussi acheté que pour le bébé. Des petits ensembles, des jouets et plein de belles choses pour que ce bébé se sente douillet.

— Tu ne crois pas que tu dépenses un peu trop pour cet enfant Rachelle.

— Je suis la marraine, j'en ai le droit et j'adore le monde des bébés.

— J'espère que tu vas en avoir bientôt.

— Oui, moi aussi je l'espère. Ça me fait drôle d'acheter des choses de bébés.

— Et moi je n'ai pas le choix, mais je ne me plein pas.

Nadia et Rachelle allèrent dîner avant de se rentrent chez le médecin. La visite chez celui-ci fut brève. Le seul conseil qu'il lui donna était de se reposer que le bébé ne serait pas encore là avant quelques jours.

Nadia et Max se mirent à table et ensuite Nadia entreprit de montrer à Max tout ce qu'elle et Rachelle avaient acheté pour le bébé.

— Rachelle dépense énormément pour notre enfant.

— Oui, c'est justement ce que je lui ai dit aujourd'hui. Elle dit adorer cela. Je me demande quand elle et Sylvio en auront. Chaque fois que j'aborde le sujet, elle semble vouloir se défiler.

Cette nuit-là Nadia se leva souvent et Max s'en aperçut.

— Tu ne sens pas bien Nadia, voudrais-tu qu'on se rende à l'hôpital?

— Oui, je crois que le travail est commencé.

— Habille-toi vite, je vais préparer tes choses. Je vais mettre ta valise dans l'auto et je reviens te chercher.

— Je crois qu'il va falloir que tu m'aides à m'habiller Max, je n'y arriverai pas seule. Mes contractions sont tellement fortes tout à coup.

Max l'aida et finalement ils partirent pour l'hôpital. Deux heures plus tard, elle entra en salle d'accouchement. Le médecin et deux infirmières attendaient Nadia. Le médecin et les infirmèrent furent très surpris de voir entrer Max Wilson dans la salle d'accouchement. Si cet enfant était un Wilson, il se demandait pourquoi Nadia n'accouchait pas en clinique privée avec le docteur de la famille Wilson. Il était soudain très fier de voir qu'il avait l'opportunité de mettre au monde un Wilson.

– Le médecin demanda à Nadia de pousser très fort à quelques reprises et le bébé sorti.

– C'est une belle petite fille.

– Oh Max! regarde comme elle est belle et si petite.

– Elle est belle comme sa maman.

– Et son papa aussi.

Le médecin félicita les deux parents. Max ne disait pas que l'enfant n'était pas à lui, alors le médecin était très fier, car il avait là la certitude de vraiment avoir mis au monde un Wilson.

Retournée à la chambre, Nadia voulut que Max appelât Rachelle immédiatement.

– Rachelle, nous avons la plus belle petite fille.

– Vont-elles bien toutes les deux?

– Oui, très bien.

– Dis à Nadia que je passerai dans la matinée et que je vais appela mes parents pour leur annoncer la bonne nouvelle.

Max retourna auprès de Nadia et lui fit le message. On frappa à la porte et Max alla ouvrir. Max fût surpris par les journalistes.

— M. Wilson, pouvons-nous prendre quelques photos de vous et votre famille?

— Max regarda Nadia avec interrogation et Nadia lui fit signe que oui.

Ils prirent donc une dizaine de photos et posèrent quelques questions et partir.

— Nous avons bien fait d'accepter, car ils ne nous auraient pas lâchés avant que nous disions oui. Je te remercie Nadia.

— Ce n'est rien Max, je comprends très bien.

Le lendemain Max, Nadia et leur fille étaient dans la première page de tous les journaux. Max avait demandé au centre hospitalier d'interdire toute autre visite de journaliste. Ils avaient eu leur chance et maintenant il fallait que Nadia se repose.

Rachelle arriva peu après le déjeuner. Elle avait apporté quelques journaux à Nadia. Nadia ne put s'empêcher d'être stupéfaite de voir tout ce qu'un journaliste pouvait inventer ou imaginer. Mais où allait-il chercher toutes ces informations?

De l'autre côté de la ville, chez Wilson et fils, les journaux se promenaient et les cancans allaient bon train. Jim Wilson pris lui aussi son journal, quelle fût sa surprise de voir sa petite-fille? Il était grand-père depuis quelques heures. Il s'enferma dans son bureau et demanda à son assistante de ne pas le déranger. Celle-ci en connaissait bien la raison.

Il admira son fils avec sa petite-fille dans ses bras. Cette photo lui plaisait bien. Sa petite-fille se prénomma Annick. Un joli nom pensa-t-il, Annick Wilson? Jim ressenti un pincement dans le cœur, il commençait à manquer la présence de son fils unique, mais Jim n'était pas un homme è revenir sur ses décisions. Il ne retournait jamais en arrière, il pouvait souffrir longtemps de sa décision, mais rien n'y changerait.

Il était donc pour admirer sa petite-fille que par les journaux. Jim s'était informé du travail que faisait son fils. À partir d'aujourd'hui, il n'oserait plus interférer dans la vie de son fils.

Nadia retourna chez elle avec sa petite Annick. Max et elle étaient très heureux. Les semaines passèrent et Nadia fît les préparations du baptême. Les journalistes suivaient Max et Nadia dans tous les coins. Le baptême fût annoncé dans tous les journaux une semaine à l'avance.

— Max, tu ne crois pas que tu devrais reparler à ton père? Peut-être que tu pourrais passer le voir avec Annick.

— Non, je ne pense pas Nadia.

Le dimanche suivant, Max et Nadia se rendirent à l'église avec Annick pour son baptême. Tous les deux furent très surpris de voir combien il y avait de monde. Ils eurent beaucoup de misère à se rendre devant l'église. Il y avait tellement de journalistes. Rachelle et Sylvio qui avaient bien accepté d'être marraines et parrains étaient déjà arrivés. Le baptême se déroula quand même très bien.

Après la cérémonie religieuse, Max fût surpris de voir que tous les amis de la famille Wilson, étaient présents. Il vit aussi quelques couples de ses amis à lui, mais son père ne semblait pas y être.

— Vient Nadia, j'aimerais te présenter à des amis.

— Nadia, voici Laura et Brent.

— Bonjour Nadia, nous avions hâte de te rencontrer.

— Cela me fait très plaisir de rencontrer les amis de Max.

— Max et Nadia, j'espère que vous ne serez pas trop fâché, mais, nous aimerions que vous passiez à la maison, nous avons pensé préparer une petite fête pour la belle petite Anncik.

— Max surpris.

– Tout de suite, comme cela.

– Oui, si vous n'aviez rien prévu.

– Nous avions prévu aller au restaurant avec des amis et Annick naturellement.

– Vous pourriez toujours leur demander de venir avec vous. Ils seront les bienvenus.

– Max, je vais aller leur en parler.

– Nadia chercha Rachelle du regard.

– Rachelle, seriez-vous à l'aise de venir avec nous chez des amis de Max, ils ont préparé une petite fête et ils disent que vous êtes les bienvenus.

– Ah! Et tu n'étais pas avisé avant.

– Non, nous en reparlerons, mais Max était tellement content de revoir de ses amis que je ne voudrais pas le décevoir. Et j'aimerais vraiment que vous veniez.

– Oui, allons-y.

Nadia et Max reçurent plusieurs cadeaux pour Annick. Celle-ci aura l'ère d'une petite princesse. Laura fut tellement gentille pour Nadia. Elle était contente de voir que Max se sentait bien auprès de ses amis.

Jim lui se contentait de toujours admirer sa petite-fille dans les journaux. Il aurait tellement voulu en parler, il était fier d'être grand-père. Cette belle petite poupée qui portait son nom. Mais malheureusement la mère était un obstacle.

Nadia retourna au travail et une voisine s'offrit de s'occuper d'Annick avec joie. Celle-ci apportait tellement de joie dans leur foyer.

Noël avait passé ainsi que la naissance d'Annick. Max et Jim n'avaient fait le moindre effort pour se voir ou se parler. Nadia savait que Jim manquait à Max. Il avait perdu sa mère très jeune et avait toujours travaillé avec son père depuis la fin de ses études. Nadia n'osa pas en parler à Max, c'était à lui à régler cela.

Les mois passaient, Nadia et Max commencés à discuter qu'ils devraient peut-être avoir un autre enfant. Neuf mois plus tard, Nadia accouchait d'une deuxième fille. Sophie Wilson.

Jim entra dans son bureau ce matin-là et son assistante l'arrêta à son passage.

— Puis-je vous parler en privé, M. Wilson?
— Oui, vous m'avez l'ère sérieuse ce matin. Vous me faites un peu peur, je dois avouer.
— M. Wilson, il y a déjà douze ans que je suis à votre service. Je vous connais bien maintenant. Je sais que quand Annick votre petite-fille est née, vous avez été sur le choc. Aujourd'hui j'aimerais que vous sachiez que Max et Nadia ont eu une autre fille cette nuit. Elle se nomme Sophie

Wilson. C'est une amie qui travaille au centre hospitalier qui me l'a annoncé ce matin.

Jim fut bouche bée. Sa vie lui défila soudainement devant les yeux. Il se voyait soudainement se promenant avec ses deux belles petites filles. Il se sentit soudain très seul. Il comprenait maintenant que son fils ne lui reviendrait pas.

– Une autre petite-fille. Sophie! Vous savez Kim, j'aimerais bien les voir. Annick est une si jolie petite fille. Je voudrais lui donner tant d'amour.

– Vous pourriez, M. Wilson, vous n'avez qu'à téléphoner votre fils. Je suis convaincu que celui-ci sera très heureux.

– Non, je ne suis pas prêt. Je vous remercie Kim de m'avoir informé. Apportez-moi le journal s'il vous plaît

– Oui Monsieur.

Jim retourna chez lui dans la matinée et il annonça à Kim de transférer tous ses rendez-vous à son adjoint. Il prendra quelque temps de repos. Jim ne retourna au bureau qu'une semaine plus tard. Première fois qu'elle vit qu'il prit un si long congé. Les semaines qui suivirent, Jim ne se rendit au bureau qu'une ou deux journées par semaine.

Annick avait maintenant trois ans et Sophie un an et demi. C'était de plus en plus dur pour Nadia de faire les journées de travail et d'arriver à tenir la maison convenablement. Max sortait de plus en plus pour essayer de refaire sa place dans la grande société disait-il à Nadia. Mais Nadia avait elle aussi entendu parler les gens et savait que Jim Wilson n'allait pas bien. Max discutait souvent avec Nadia, il voulait qu'elle arrête de travailler. Nadia commença à se demander s'il lui demandait cela parce que ça ne paraissait pas bien pour son image ou pour elle-même, parce qu'elle était de plus en plus fatiguée. Par contre Nadia voyait que Max étouffait de plus en plus dans l'appartement. Les deux filles étaient dans la même chambre et avec les jouets partout, Nadia voyait qu'il n'en pouvait plus. Max voulait refaire sa place dans la société et pouvoir avoir un meilleur emploi déménagé dans un plus grand appartement ou même une jolie maison.

Rachelle voyait très bien qui se tramait quelque chose, le manque d'argent et Max qui était de plus en plus absent. Elle invita donc Nadia à venir à la maison. Rachelle avait décidé d'habiller les deux filles de la tête aux pieds. Nadia n'avait pas beaucoup de choix et elle en avait bien besoin, elle faisait partie des plus riches d'Hollywood. De toute façon, les filles n'avaient plus que deux échanges de linge qui leur allaient encore.

Ils partirent donc et passèrent leur journée dans les magasins. Rachelle, Nadia et les filles marchaient dans la rue quand tout à coup, Nadia figeât sur place. Elle voyait Jim Wilson de l'autre côté de la rue, elle était bouche bée. Il là regarda, regarda les deux fillettes. Il s'avança vers eux et donna une bise sur la joue des deux filles. Nadia fixa Rachelle et celle-ci comprit que Nadia était bouche bée et qu'elle ne pouvait plus parler. Rachelle décida de briser la glace.

– C'est votre grand-père Wilson les filles.
– Nous avons un grand-père.
– Oui, il est le papa de votre papa.

Sophie lui fit un beau sourire et Annick se colla à sa mère, elle ne comprenait pas pourquoi soudainement elle avait un grand-père.

Jim dit au revoir aux filles et il reprit son chemin, sans même dire un mot à Nadia ou à Rachelle. Rachelle décida qu'il était ridicule, qu'il ne comprenait pas que tous souffraient de cette situation.

Nadia parla à Max de sa rencontre. Celui-ci ne dit rien et sortit sans lui dire où il allait. Nadia ne savait plus que penser, se lassait-il d'elle ou était-ce les problèmes d'argents et d'orgueil qui le rendait comme cela?

Elle laissa passer les jours, Max rentrait à la maison seulement que pour dormir. Jim de son côté, n'allait plus du tout au bureau. Il payait très très cher les choix qu'il avait fait de bannir Max, Nadia et les enfants de sa vie. Son assistante passa lui apporter des papiers et en reprendre d'autres tous les jours. Celui-ci allait de moins en moins bien. Les domestiques étaient inquiets de voir M. Wilson dépérir à vue d'oeil. Il ne sortait plus, ne voulait plus se lever du lit depuis une semaine et mangeait de moins en moins. Une domestique disait qu'il lui parlait toujours de son fils et de ses petites filles.

Mme Rodolphe, la cuisinière de Jim Wilson décida donc qu'il était temps de rejoindre Max pour le mettre au courant de la situation. Elle voulait aussi du même coup informer Max que la compagnie se portait de moins en moins bien son départ. Mais où rejoindre Max. Il n'y avait rien dans le bottin téléphonique sous Max ou Nadia. Elle décida donc de téléphoner au médecin qui avait accouché Nadia, elle lui expliqua la situation et le médecin refusa catégoriquement de lui donner le numéro. Il insista pour que Mme Rodolphe laissât ses coordonnées l'informa que son assistante essayera de rejoindre Nadia dès le lendemain.

Mme Rodolphe appela Nadia le lendemain et l'informa que Max était déjà sorti pour la journée et qu'elle ne savait pas à quelle heure celui-ci reviendrait à la maison.

– Pourriez-vous lui faire un message très important Nadia, son père est souffrant et j'aurais besoin de lui parler, dites-lui de me rejoindre le plus tôt possible.

– Très bien, je lui ferai le message dès qu'il entrera.

Nadia attendit Max, il tarda à arriver. Nadia se demanda qui était Mme Rodolphe. Elle n'avait pas travaillé assez longtemps pour savoir qu'elle était la cuisinière de Jim depuis de très longues années.

– Max arriva passé 11h00. Nadia l'attendait toujours et Max fût surpris de la voir encore debout à cette heure tardive.

– Que fais-tu encore debout, quelque chose ne va pas avec les enfants?

– Non tout va bien avec les enfants, mais j'ai un message pour toi. Mme Rodolphe voudrait que tu lui téléphones, elle disait que c'était très important.

– Je te remercie Nadia, tu peux mettre le message sur la table et je vais téléphoner demain.

– Elle semblait très affolée Max, je crois que tu devrais téléphoner ce soir.

Il ne voulait pas téléphoner devant Nadia il décida de se coucher. Il embrassa Nadia sur la joue, comme un enfant, puis il ferma la lumière et se retourna pour dormir. Nadia ne put dormir cette nuit-là. Elle se demanda ce que Mme Rodolphe voulait bien de si important à dire à Max. Qu'est-ce qu'elle ou son père lui voulait. Il voulait peut-être reprendre contact avec son fils et peut-être même ses petites filles. Nadia avait peur, elle avait mal de pensée à ce que Jim Wilson pouvait bien lui faire. Il ne lui avait pas adressé la parole l'autre jour, ceci n'était certainement pas un bon signe. Elle n'y pouvait rien, il ne voulait pas l'accepter comme belle-fille.

Le lendemain ils partirent travailler. Max téléphona Mme Rodolphe aussitôt qu'il fût seul.

— Mme Rodolphe, c'est Max à l'appareil, comment allez-vous?

— Ah Max! je suis contente de te parler. Moi ça va très bien, mais nous ne pouvons pas en dire autant de votre père. Je crois que votre père ne se remettra jamais de votre départ. Depuis déjà 6 mois, il ne va plus au bureau. Tout tourne à l'envers ici je dois dire et la compagnie aussi d'après les dires de son assistante. Max, le plus important c'est que je crains pour votre père.

— Mais que dites-vous, mon père serait très malade?

— Oui, je vous assure. Vous devez lui rendre visite. Avec les enfants cela l'aiderait peut-être, car il parle constamment d'elles.

— Vous vous trompez, mon père n'acceptera pas que j'entre chez lui avec mes enfants et Nadia.

— C'est vous qui vous trompez Max. Votre père dépérit de plus en plus depuis le jour où par hasard, elles étaient avec Nadia et une autre dame d'après votre père. C'est depuis ce jour précisément qu'il n'est plus retourné au bureau. Il parle sans cesse d'elles, comme elles sont belles et comme elles te ressemblent. J'ai parlé à son médecin et il est du même avis que moi, il croit que c'est la seule solution.

— Vous me surprenez. Je n'aurais jamais cru que mon père aimerait mes enfants, puisqu'ils ne sont pas d'une femme de son choix ou de sa classe.

— Je ne peux vous affirmer ce que votre père pense ou ne pense pas, mais je sais qu'il aime vos filles Max, il ne pense qu'à elles.

— A-t-il mentionné qu'il aimerait les voir ou me revoir?

— Non, je regrette. Mais je pourrais lui demander et vous appelez.

— Bon! Je vais réfléchir et je vais peut-être passer le voir demain, mais je ne suis pas certain que ce soit une bonne idée d'emmener mes filles avec moi. R'appelez-moi pour me dire ce qu'il en dit. Vous pouvez me joindre au 991-0897.

– Très bien Max. C'est toi qui dois décider. Pour ma part, je voulais que tu sois avisé de la situation.

– Je vous remercie, j'apprécie.

– Mme Rodolphe le rappela dans la même heure pour lui dire que son père voudrait vraiment voir les filles pour les connaître.

Ce soir-là Max parla à Nadia de sa conversation avec Mme Rodolphe. Max avait réfléchi et il allait amener les filles rendre visité à son père.

Nadia se sentit bouleversée par cette situation et rejetée encore une fois. Lui fallait-elle accepter cette situation. C'était difficile de faire le choix, elle sentait que Max était beaucoup plus distant qu'avant, mais elle ne voulait pas le perdre pour toujours et Dieu sait qu'il pourrait redevenir riche avec la réconciliation de son père. Et Nadia aurait beaucoup de problèmes à se battre contre l'homme le plus riche de la région. Nadia était bouleversée par la peur de cette possibilité-là.

Le lendemain, Nadia prépara les filles à contrecœur. Elle avait tellement peur. Max déposa Nadia à son travail et il se dirigea vers la résidence de son père. Nadia n'arrivait pas à se concentrer au travail.

– Max arriva à la résidence de son père, la maison de son enfance. Les domestiques les accueillirent avec joie. Max dirigea ses filles à la cuisine et monta voir son père.

– Bonjour papa.

– Ah Max! Je suis tellement content que tu sois enfin revenu.

– Je voulais passer te rendre visite papa. Mes filles sont ici, veux-tu les rencontrer?

– Oui, oui, tout de suite. Elles semblent tellement mignonnes.

Max alla chercher les enfants et Jim se leva de son lit, il était bouleversé et touché. Il alla sortir une montagne de cadeaux qu'il étala dans la chambre. Max fût surpris quand il revint dans la chambre de son père et vit tous ces cadeaux. Les filles étaient intimidées et elles restaient collées à Max.

– Les filles, je vous présente votre grand-père Wilson. Papa voici Annick et Sophie.

– Papa, maman nous a expliqué que ce monsieur est notre grand-père et ton papa à toi.

– Oui chérie, c'est vrai. Maintenant, venez me voir et prenez tous ces cadeaux, ils sont pour vous Annick et Sophie.

Max regarda les filles déballer tous les cadeaux il regarda son père et ne pouvait que penser que son père essayait d'acheter ses filles.

Jim sortit un album et la tendit à Max.

— Qu'est-ce que c'est?
— Regarde et tu verras.

Max regarda et découvrit toutes les coupures de journaux qui parlaient de lui et de ses enfants. Il avait suivi de loin leur vie.

Sophie alla à son père pour qu'il lui attache son bracelet et Annick regardât son grand-père. Elle s'avança vers Jim et lui demander d'attacher le sien. Jim fût ému.

— Il ne faut surtout pas oublier de dire merci pour tous ces beaux cadeaux. Annick et Sophie s'approchèrent de Jim pour le remercier.
— Merci monsieur.
— Vous pourriez m'appeler grand-père Wilson si tu veux.

Il leur donna une bise sur la joue.

— Merci grand-père Wilson. Je vais le montrer à maman, elle va beaucoup l'aimer.

Jim regarda son fils et lui demanda de ramener les filles à la cuisine. Il voulait discuter avec lui. Celui-ci s'exécuta et revient vers son père.

— Max, je voulais savoir comment va ta relation avec ta femme.

— Très bien papa. Par contre toi, tu ne sembles pas trop bien. Mme Rodolphe me disait que depuis déjà six mois tu ne te rends plus au bureau.

— Oui, c'est vrai. Il me manque quelque chose de précieux dans ma vie. Toi et mes petites filles avec moi.

— Papa, tu ne vas pas recommencer ton petit jeu.

— Ce n'est pas un jeu mon fils, elle a ruiné ta vie et la mienne et moi je te donne la chance de pouvoir reprendre ta vie.

— Non papa, j'aime Nadia et je ne veux plus t'entendre dire cela. Si tu veux, nous pourrions nous voir à l'occasion, je pourrais passer te rendre visite avec les enfants, mais ce que tu me demandes est trop. J'aime toujours Nadia papa, je ne veux personne d'autre qu'elle comme femme.

— Très bien, car j'aime beaucoup tes filles et tu me manques beaucoup. Mais j'aimerais bien que tu penses à l'offre que je t'ai faite.

— C'est tout réfléchi et c'est non, je ne veux plus que tu me reparles de cela, car je ne reviendrai plus papa, tu dois accepter la mère de mes filles.

— Quand penses-tu retourner au travail papa?
D'après Mme Rodolphe, la compagnie est de plus
en plus en mauvais état.

— Oui je sais. Ils sont incapables de bien faire
les choses sans moi. Je prendrai le temps de me
remettre un peu et je vais y retourner bientôt.

— J'aime mieux ça. Je reviendrai dimanche
avec les enfants.

— C'est très bien je vais leur faire préparer des
gâteaux.

Ils partirent et Annick n'arrêta pas de dire
comment son bracelet était beau et que Nadia
l'aussi, elle était certaine. Max pensait comment il
allait dire à Nadia qu'il retournait rendre visite à
son père avec les filles, mais qu'elle, elle ne
pourrait pas venir. Max se sentit séparé en deux, il
aimait toujours beaucoup Nadia, mais il avait
beaucoup manqué son père ainsi que sa vie de
château et il réalisait aujourd'hui à quel point
celui-ci vieillissait et avait peut-être besoin de son
fils.

Max déposa les enfants à la garderie et arriva
juste à temps au travail pour dîner avec Nadia.

— Bonjour chérie, tu viens dîner avec moi,
nous avons à discuter.

— Le cœur de Nadia s'arrêta, elle avait
tellement peur. Pouvait-il lui faire cela? Elle avait

quand même très hâte de savoir comment c'était passer son avant-midi.

— Très bien, où allons-nous?

— Dans un endroit calme, que dirais-tu chez Sergio?

— Oui, nous y serons bien.

— Comment a été votre avant-midi Max.

— Très bien. Je ne croyais pas que mon père pouvait être si mal en point.

— Est-ce grave?

— Je ne sais pas. J'ai téléphoné au médecin et il dit qu'il se laisse tout simplement aller. Il dit que s'il pouvait voir les enfants de temps à autre, cela l'aiderait. Apparemment, le médecin croit qu'il nous manque, qu'il est trop seul et il a suggéré à Mme Rodolphe de me téléphoner, car il ne parlait que de nos filles.

— Je n'y vois pas d'inconvénient si cela peut l'aider à se rétablir. Les filles eux, ont-elles aimé leur visite.

— Oh oui, tu devrais voir tous les cadeaux qu'il leurs a acheté. Annick a très hâte que tu voies le bracelet qu'il lui a acheté, elle dit que tu vas l'adorer…n'oublie pas de l'adorer ce soir.

— Oui, je n'oublierai pas. Mais je croyais qu'il ne savait pas que tu venais, comment pouvait-il avoir des cadeaux pour les enfants.

— Tu devrais voir l'album aussi qu'il a sur moi et nos filles, toutes les coupures de journaux dans lesquelles on peut nous voir. Max évita de dire que toutes les coupures de journaux où Nadia était présentent, sa photo était découpée.

Max ne lui parla pas non plus de l'offre de son père, mais il ne savait pas comment dire à Nadia qu'il avait l'intension de revoir son père régulièrement avec ses filles, mais elle serait toujours exclus de ces visites.

Nadia n'avala presque rien, elle savait que Max ne lui disait pas et qu'il était mal à l'aise. Quand ils allèrent chercher les enfants à la garderie, Annick sauta au cou de sa mère et lui montra son beau bracelet. Nadia pouvait voir que Max était très soucieux, elle était certaine que Max ne lui avait pas tout dit. Max sortit ce soir-là et Nadia ne put s'endormir que très tard dans la nuit. Max entra vers 11h00 et elle ne dormait pas encore. Il ne se rendit pas compte que Nadia était éveillée. Nadia sentait que les semaines à venir seraient de plus en plus difficiles.

Max et les enfants rendirent des visites à Jim de plus en plus fréquemment. Il ne parlait pas beaucoup à son retour, il était toujours très pensif. Jim donnait un nombre incontrôlable de cadeaux aux enfants. Nadia sentait sérieusement que Jim était en train d'acheter ses filles. Après 4 mois, Nadia en avait assez, elle n'en pouvait plus, elle se sentait rejetée et en plus elle sentait qu'elle était sur le point de perdre ses filles et son mari.

Un soir après que les enfants étaient couchés, Nadia alla près de Max pour essayer de lui parler de la situation.

— Max, tu ne crois pas que nous devrions parler. Je sais que ton père te demande de déménager chez lui constamment, car Annick dit que son grand-père Wilson dit qu'un jour nous déménagerons tous chez lui, et elle me le répète presque à chaque visite chez ton père.

— C'est vrai. C'est une demande qu'il me fait.

— Je crois que ce n'est pas bon tous les cadeaux qu'il achète aux enfants. C'est beaucoup trop. Je veux qu'elles apprennent à gagner et à mériter ce qu'elles auront dans la vie.

— Il adore nos filles et pour lui c'est une façon de se racheter pour ce qu'il a fait. Il les a toujours aimées de loin.

— Très bien, ne parlons plus des cadeaux et des visites chez ton père. Parlons plutôt de ton travail, de la place qui te revient dans la compagnie. Pourquoi ne te redonne-t-il pas ta place? Nous pourrions déménager et vivre plus convenablement.

— C'est ce que je comptais lui demander à la prochaine visite. Nadia je t'aime, tu sais, j'essaie vraiment d'organiser les choses pour nous deux.

— Max prit Nadia ce soir-là et tout était comme au premier jour. Nadia l'aimait tellement, elle ne pouvait se passer de Max. Ils firent l'amour toute la nuit.

– Trois mois se sont écoulés avant que Nadia demande à nouveau à Max de discuter.

– Max, que se passe-t-il?

Max ne répondit pas à Nadia, il sortit en claquant la porte. Nadia savait que Max l'aimait, mais elle savait aussi qu'elle était pouvait le perdre aux dépens de son père. Nadia avait beaucoup de peine, trois mois plus tôt, les choses semblaient s'arranger. Nadia n'en pouvait plus de se sentir encore rejetée par son beau père. Annick et Sophie que vont-elles penser, elles comprendront bientôt, mais que vont-elles comprendre, ce que leur grand-père leur dit ou ce qui est vraiment la vérité.

Max n'entra pas chez lui ce soir-là et le lendemain, il n'était pas au travail. Pendant deux semaines Nadia n'avait aucune nouvelle de lui. Leur patron demanda des nouvelles à Nadia pour savoir pourquoi Max ne se présentait pas au travail, Max ne donna de nouvelles à personne. Les filles demandaient des nouvelles de leur père et Nadia avait décidé de leur dire qu'il était parti en voyage pour le travail.

Le patron de Nadia lui parla et s'excusa, mais il était dans l'obligation de remplacer Max dans le poste qu'il occupait. Nadia ne pouvait rien faire, sa vie retombait en morceau.

Nadia alla prendre le courrier du matin et découvrit une enveloppe avec le logo Wilson & fils. Elle s'empressa de préparer les filles de les reconduire à la garderie et elle se rendit au travail. Elle attendit d'être seule et décida enfin ouvrir la lettre.

> *Nadia, un avocat communiquera avec toi, il passera te voir dans la soirée de vendredi pour t'informer des procédures que je prends. Je veux une séparation légale et je veux aussi que les filles viennent vivre avec moi. Elles seront mieux ici, elles ne manqueront de rien avec nous. Je sais que tu n'arriveras pas avec ton seul salaire. Max.*

Comment pouvait-il oser lui faire cela et dire qu'il l'aimait? Elle perdrait le procès si elle essayait de se battre contre lui. Max savait très bien qu'elle n'avait pas l'argent nécessaire pour un combat en justice. Elle essayera tout ce qui sera en son pouvoir pour ne pas perdre ses enfants. Nadia pensait mourir juste à y penser, elle pleurait, à chaude larme. Elle décrocha le téléphone pour joindre Rachelle. Elle lut la lettre à

Rachelle et lui fît comprendre qu'elle avait besoin d'aide.

— Je passerai te voir ce soir. Nadia ne t'en fait pas, nous allons t'aider.

— Je t'attends ce soir Rachelle, mais rien n'y personne ne peut gagner contre la famille Wilson. Je suis perdue.

Rachelle arriva vers 19h00. Nadia avait déjà couché les filles et elle était toujours en larme. Elles discutèrent longtemps.

— Tu sais Nadia, je ne veux pas te faire de mal en te disant cela, mais la famille Wilson est une des plus riches, si Max intente un procès, il le gagnera très facilement. Et en plus... Sylvio est comme un de leur employé. C'est lui qui dit devoir s'occuper du dossier.

— Nous verrons bien. Je vais le salir lui et son père. Le pire est que Rachelle sait et je sens que cet homme m'aime encore.

Nadia se mit à pleurer de rage cette fois, elle lançait tout ce qui était sur son passage. Tout à coup, elle tomba par terre, elle était inconsciente.

— Nadia, Nadia réveille-toi, réveille-toi.

— Nadia prit quelques minutes avant de se réveiller.

– Nadia, tu m'as fait très peur, il faut te calmer. Est-ce ça va là.

– Oui, je ne comprends pas, je ne sais pas pourquoi c'est arrivé.

Rachelle aida Nadia à se rendre à son lit et elle la laissa s'endormir. Ensuite elle laissa un mot sur la table de Nadia lui demandant de lui téléphoner à son réveil.

Nadia se réveilla durant la nuit et vit la note sur la table. Elle se mit à repenser à sa chute elle savait très bien pourquoi cela était arrivé. Nadia savait depuis une semaine qu'elle était de nouveau enceinte. Elle se remit à pleurer et se demanda si un jour elle aurait autre chose que des malheurs pour payer les quelques jours de bonheur qu'elle avait eu droit dans sa vie. Va-t-il lui enlever aussi cet enfant?

Rachelle lui avait dit que si elle avait besoin d'argent, qu'elle pourrait l'aider en lui donnant. Mais, l'argent ne lui donnera pas ses enfants. Rachelle était vraiment comme une sœur pour Nadia, elle ne la laisserait jamais tomber. Mais elle n'était plus bien avec Sylvio, ce sera difficile à gérer.

Le vendredi Nadia attendait l'avocat de Max, le frère de Sylvio. Quand il fût entré et s'être présenté, ils discutèrent de ce que Max désirait et

ce qu'il voulait lui donner, comme une pension.
C'était très raisonnable.

— Alors pourquoi ne me laisse-t-il pas mes
filles et une pension?

— Je ne sais pas Mme Wilson, je ne fais que
vous exposer ses demandes.

— Ce que je veux, ce n'est pas d'une pension,
mais bien mes enfants que je veux aimer, chérir et
voir grandir. Ils sont aussi à moi, et en plus ce
n'est pas moi qui ai décidé de partir, c'est Max.

— Malheureusement Mme Wilson, je ne suis
que le porteur de nouvelles et je sais que le juge
ne se basera pas sur cela. Il se basera sur le fait
que vous ne pourrez pas leur donner ce que Max
pourra.

— Vous êtes en train de me dire vous aussi que
je n'ai aucune chance contre cette famille.

— Vous m'en voyez désolé, madame.

— Oui, le désole ne m'aidera pas.

— Il faut vous rendre à l'évidence. La cour
vous enverra d'ici environ trois semaines, un
ordre qui vous indiquera la date, l'endroit et
l'heure à laque vous devrez vous rendre à la cour.
Je suggère que vous preniez un avocat.
Naturellement, vous ne pouvez demander à
Sylvio, car notre ferme travail pour Wilson & fils.
Je vous reverrai là madame. Merci pour votre
temps.

Nadia ne lui répondit pas et elle ferma la porte derrière lui. Nadia essaya pendant ces trois semaines de profiter et préparer les filles le plus possible à cette éventualité. Ce n'était pas chose facile, elle avait toujours la larme à l'œil juste à y penser. Devoir en parler aux filles sans pleurer à chaude larme était pratiquement impossible.

Annick et Sophie ne comprenaient évidemment pas, elles étaient très contentes d'aller vivre avec leur père dans la grande maison de leur grand-père. Il y avait toujours des cadeaux et des gâteaux là. Ce qu'elles ne comprenaient pas était qu'elles voulaient que leur mère soit avec elles et que celle-ci disait ne pas pouvoir venir. Nadia savait très bien qu'elles ne comprendraient pas ce qu'un mois signifiait. Comment cela allait être long?

— Je ne peux pas aller habiter avec vous et votre père, car votre grand-père ne voudrait pas, mais vous pourrez me téléphoner autant de fois que vous le voudrez. Je suis certaine que si vous avez besoin de me, je serai toujours là.

— Peu importe l'explication, Sophie et Annick ne comprenaient toujours pas l'ampleur de la situation. Rachelle venait de plus en plus voir Nadia pour l'aider à supporter ce nouveau malheur.

— Nadia, tu es si pâle. Tu devrais mieux te nourrir. Tu dois rester forte pour tes filles. Elles auront quand même besoin de savoir leur mère là pour elles et en bonne santé.

— Oui je sais. Le problème Rachelle, c'est que je suis de nouveau enceinte.

— Tu n'as pas pris de protection.

— Je te ferai remarquer que je l'ai fait quand mon mari était avec moi et semblait redevenu amoureux. Nous l'avions décidé d'un commun accord. Il faut croire qu'il a vite oublié.

— Je t'amènerai voir le médecin la semaine prochaine, tu veux bien.

— Oui, je vais devoir. Rachelle que vais-je faire sans mes filles, je crois que je vais mourir.

— Il est vraiment terrible. Je ne comprends pas. Essaie un peu de penser à celui que tu portes et cela t'aidera. Je me demande si tu auras un garçon.

— Je le souhaite de tout mon cœur.

Nadia amena souvent les filles au parc, au cinéma, à la bibliothèque et au restaurant pendant ces dernières semaines pour pouvoir en profiter au maximum. Quand les filles étaient joyeuses, elle l'était aussi.

Chaque soir, quand Nadia se mettait au lit, elle pria pour que Dieu prenne soin de ses filles et qu'elles soient heureuses avec leur père.

Le temps passa très vite, les trois semaines qui s'étaient déjà écoulées. Elle pensait que si au moins elle avait eu deux mois pour se préparer à cette éventualité.

Nadia était de nouveau très déprimée lorsqu'elle reçut la lettre de convocation à la cour. La lettre l'informa qu'il fallait qu'elle se présente deux jours plus tard. Elle prit donc deux jours de congé et se rendit à la cour le mardi. Elle alla réveiller ses filles ce matin-là et alla comme à son habitude les apporta à la voisine qui les reconduire à la garderie. Nadia retourna à son appartement, elle avait oublié la lettre de convocation. Le téléphone sonna, c'était Rachelle.

— Nadia, comment vas-tu?

— Pas très bien.

— Je comprends, ne t'en fais pas.

— Rachelle, je dois te laisser, je dois, te laisser, je dois prendre le bus.

— Tu aurais pu m'inviter à aller avec toi ou toute au moins, m'aviser que la cour était ce matin.

— Oui je m'excuse, tu fais tellement pour moi et c'est mieux que j'y aille seul à cause des liens avec Sylvio et les Wilson.

— Reste où tu es, je passe te chercher dans quelques minutes et je vais avec toi à la cour.

– Rachelle, tu es merveilleuse pour moi, mais non.

– Alors je vais te chercher et t'amener à la cour et je n'entrerai pas si tu préfères.

– O.K.

Nadia se sentit soulagée de ne pas avoir à s'y rendre seule. La cour débuta et Nadia pleurait déjà juste à penser de revoir ses filles qu'une fois par semaine. Max la regardait pour pouvoir trouver dans son regard une certaine approbation. Mais, Nadia n'approuverait certainement pas. Elle n'accepterait jamais d'avoir perdu ses filles pour un égoïste, que pour de l'argent. Soudain elle entendit son nom, elle se tourna vers le juge.

– Vous n'avez pas d'avocat, Mme Wilson.

– Pourquoi aurais-je pris un avocat quand je sais déjà que l'argent gagnera et que je vais perdre mes filles?

– Le juge regarda dans la salle et fit retentir un coup de marteau.

– Nous allons commencer.

– Oui monsieur le juge, commencez le martyre.

La cour avait débuté et dans le temps de le dire, Nadia s'éveilla comme d'un rêve on lui indiquait quand elle pourrait voir ses filles.

– Mme Wilson, vous avez droit à une journée par mois avec vos filles.

Nadia était en feu, elle n'entendait plus ce que le juge lui disait. Une bombe venait de l'assommer ''une journée par mois'', mais pour qui se prenait-il, lui faire ça. Et Nadia qui ne pouvait rien faire contre eux.

– Elle se demanda combien le juge avait bien pu être payé par Jim pour accepter de faire une injustice pareille.

– M. le juge, pourriez-vous répondre à ma question?

– Oui Mme Wilson, de quoi s'agit-il.

– Est-ce que M. Wilson pourra m'enlever l'enfant que je porte quand celui-ci sera né?

– Max fusilla Nadia du regard.

– Pourquoi ne m'as-tu pas avisé avant?

– Tu crois vraiment que tu le mérites.

– Monsieur le juge, j'ai droit à une autre question.

– Oui Mme Wilson, mais faites vites j'ai d'autres cours à faire.

– Vous êtes bien payé pour votre sale métier?

– Mme Wilson, s'il te plaît n'allez pas dans cette direction.

Elle sentit une satisfaction, elle avait frappé Max droit au cœur avec sa grossesse et le juge. La cour étant terminée, les journalistes entrèrent en trompe. Ils se ruaient vers Max. Nadia se figurât et décida de les appeler. Elle avait crié et tous les journalistes se retournèrent vers elle et délaissèrent Max.

    – S'IL VOUS PLAÎT, j'ai une déclaration à faire.

    – Max la fusilla du regard.

    – Max, tu croyais vraiment que je ne réagirais pas…tu m'as enlevé mes filles. Aussi, j'aimerais que tu demandes le divorce...suffit que maintenant tu aies plein d'argent.

    – Les journalistes ne manquaient rien de la discussion. Max continua son chemin, il ne la croyait pas capable au scandale. Elle n'avait jamais aimé les journalistes.

    – Qu'avez-vous à nous dévoiler Mme Wilson?

Nadia informa les journalistes que son beau père avait bien joué son jeu en faisant croire à son fils qu'il était très malade et avait besoin de lui et les enfants. Il a réussi à m'enlever mes filles, mais il ne gagnera pas avec celui-là, il le regrettera.

Rachelle ramena Nadia chez elle. Elle ne pouvait plus retenir ses larmes. Les filles allaient lui manquer énormément. Elle alla à la garderie chercher ses filles pour les préparer à l'arrivée de leur père. Les enfants pouvaient sentir qu'elle était bouleversée et elles voyaient bien qu'elle avait pleuré.

— Il ne faut pas pleurer maman, nous allons revenir bientôt.

— Oui mes chéries. Peut-être que si Dieu le veut, nous serons un jour tous réunis à nouveau.

Nadia prépara les bagages des filles et attendit Max. Celui-ci arriva en compagnie de son père. Nadia était enragée de voir qu'il avait même le culot de venir chez elle, pour lui faire encore plus mal.

— Jim, veuillez sortir immédiatement de chez moi.

Max la regarda et demanda à son père de bien vouloir sortir et l'attendre dans la voiture. Celui-ci s'exécuta avec un sourire sur les lèvres. Nadia le trouva répugnant. Max prit les filles et partis immédiatement sans dire un mot.

Nadia resta seule, elle avait demandé à Rachelle de bien vouloir la laisser seule avec ses filles avant l'arrivée de leur père. Rachelle téléphona dans la soirée, mais Nadia ne répondit pas. Elle essaya de nouveau le lendemain et toujours aucune réponse. Le matin suivant quand elle vit que Nadia ne répondait toujours pas, elle décida de s'y rendre. Rachelle ne frappait à la porte à plusieurs reprises, mais toujours aucune réponse. Elle alla chez le concierge et lui expliqua la situation et le convainquit d'ouvrir la porte. Elle trouva Nadia couchée et elle semblait être très faible.

— Nadia, tu ne peux pas rester comme cela, tu vas tuer ton bébé.

Nadia continua à pleurer et elle ne répondait pas à Rachelle. Celle-ci décida d'appeler son médecin. Dr Shelby demanda à Rachelle de la conduire à l'hôpital, qu'il ferait les téléphones nécessaires, l'hôpital l'attendrait. Le docteur rendit visite à Nadia la même journée, mais il était très décourager de voir comment cette femme était mal en point et le pire dans tout cela, c'est qu'il ne pourrait rien pour elle, car elle était enceinte et qu'il ne pouvait lui donner aucun médicament. Elle perdra son bébé si elle n'arrête pas de pleurer et ne recommençait pas à se nourrir. Rachelle n'avait pas plus de pouvoir que le docteur. Le docteur savait très bien qui était le père, tous le savaient, tous les médias en parlaient. Il décida donc de téléphoner à Max lui-même. Le docteur lui expliqua la situation et Max promit de passer dans l'avant-midi le lendemain.

Quand Nadia vue Max, ses yeux le fusillèrent, elle commençait à lui crier de sortir, qu'il était la dernière personne sur terre qu'elle voulait voir.

Plusieurs curieux s'approchaient de la chambre de Nadia. Max frémit la porte avec rage. Il en avait soudainement assez des curieux et des journalistes. Il essaya de parler à Nadia calmement, mais celle-ci n'arrêtait pas de crier. Alors, il se mit à crier lui aussi. Nadia se figea, pour la première fois elle entendait Max crier. Max rebaissa le ton.

— Ne crie plus Nadia, je ne peux pas supporter cela. Je suis venu te faire comprendre que tu vas perdre notre bébé si tu ne te résonnes pas et aussi si tu ne te nourris pas mieux que cela. Je t'ai expliqué que cela était temporaire. Crois-moi Nadia, mon père t'acceptera très bientôt, j'en suis convaincu.

Nadia reprit ses cris de plus belle. Max essaya en vain de lui faire comprendre, mais elle ne voulait rien entendre.

— Si tu ne le fais pas pour toi, fais-le au moins pour les filles. Celui-ci sera peut-être un garçon, mon père y verra un héritier et là je suis sure qu'il changera d'idée à propos de toi.

— Max, est-ce que tu t'écoutes, est-ce que tu réfléchis au mal que tu peux me faire? S'il vous plaît, va-t'en. Pour moi mes filles comptent autant que si celui-ci est un garçon. Ha mon Dieu ! Donnez-lui un coeur s'il vous plaît.

Nadia le fixa amèrement. Il venait de lui ouvrir les yeux. Il venait de lui donner la raison pour avoir ce bébé. À cette minute même, Nadia ne pleurait plus. Elle se nourrissait bien et elle pût sortir quelques jours plus tard de l'hôpital.

Nadia voulait bâtir sa vengeance avec ce bébé. Elle n'avait jamais osé parler en mal de son beau père à ses filles, mais maintenant c'était fini ça. Quand elle verrait ses filles, elles leur expliqueraient ce qu'était leur grand-père, même si elle savait qu'elles étaient trop jeunes. L'enfant qu'elle portait était pour le comprendre très jeune aussi.

Rachelle vint lui rendre visite chez elle régulièrement.

— Tu sais Rachelle, je n'ai finalement pas vu ce que les journaux ont écrit le jour après le procès. Que disaient-ils?
— Et bien Nadia, je les ai conservés pour toi. Je te les apporterai demain.
— Merci, comment vais-je pouvoir te rendre tout ce que tu fais pour moi?
— Ne t'en fais pas chérie, je le fais avec amour pour ma sœur.
— Rachelle
— Oui Nadia

– J'ai trouvé comment faire souffrir mon beau père.

– Comment peux-tu espérer faire souffrir quelqu'un qui n'a pas de cœur?

– J'y arriverai, je te le promets. Cet enfant rejettera son grand-père et je serai très heureuse d'être spectatrice.

– Ce jour peut être très loin, ou ne jamais venir.

– Tu verras, surtout si je porte est un garçon. Je réussirai. Il le voudra à tout prix pour succéder à Max. Il l'aura comme je le lui donnerai.

– Nadia, que dis-tu, tu me fais peur! Ne fais pas un monstre de ton enfant.

– Non, ne t'inquiète pas Rachelle. J'aime mes enfants plus que tout au monde et je ne leur ferais jamais aucun mal.

– Ah! Nadia, tu dis des bêtises là. Essaie de ne plus penser à cela et de te préparer pour le nouveau bébé qui viendra bien assez vite.

– Oui, tu as raison. Mais, il reste que ce monstre à un cœur et je le trouverai. Il souffrira comme je souffre aujourd'hui.

– Si c'est la seule façon pour toi de reprendre goût à la vie, moi ça me fait peur. Je ne veux plus que tu sois malade.

Nadia téléphona son patron, il était convenu qu'elle retournerait au travail le lendemain. Quelle fut sa surprise quand elle vit une lettre de congédiement sur son bureau? C'était presque une lettre d'excuses, plus que de congédiement. Il lui expliquait la raison pourquoi il était obligé de faire cela. M. Jim Wilson venait tout juste d'acheter la firme pour laquelle ils travaillaient. Elle voyait qu'elle n'avait pas aucun choix. Elle prit ses effets personnels et sortis sans essayer de voir son patron, elle comprenait très bien. Elle se rendit chez elle, elle était découragée. Que voulait-il d'elle? Probablement qu'elle se sent obligée de sortir de cette ville. Il ne gagnera pas, je vais tout faire pour cela.

Nadia se rendit chez Rachelle quelques jours plus tard et lui expliqua la situation.

– Tu n'es pas sérieuse. Il t'a enlevé tes enfants, il s'est que tu es enceinte et il n'est pas encore satisfait. Peut-on être si avare dans la vie, je ne comprends pas? Que veut-il de plus?

– Probablement que je sors complètement de la ville. Il ne gagnera pas, je vais me trouver un autre emploi.

– Tu y'as pensé.

– À quoi.

– Mais tu es enceinte Nadia, comment te trouver un autre emploi dans cette situation. Je ne veux surtout pas te décourager, mais ce ne sera pas facile.

– Je chercherai et je trouverai.

Pendant deux semaines Nadia chercha sans relâche. Rien. Personne ne voulait embaucher une femme enceinte. Rachelle avait raison. Rachelle parla à Sylvio de la situation et ils décidèrent de prendre Nadia à la maison, le temps qu'elle accouche et puisse reprendre le travail. Le seul problème était que Wilson & fils était un des gros clients de la firme de Sylvio. Sylvio rassura Rachelle que même sans celui-ci, ils vivraient encore très très bien, mais que son père ne penserait peut-être pas la même chose. Ils devaient tous garder secrets que Nadia habitait la maison d'invités. Rachelle était satisfaite. Elle appela Nadia sur le champ pour lui faire son offre.à

— Nadia, c'est Rachelle. J'ai une offre à te faire que tu ne peux refuser. Sylvio et moi aimerions que tu viennes habiter chez nous jusqu'à ce que tu es ton bébé et que tu puisses retourner au travail. Tu habiteras la maison d'invités. Tu veux bien.

— Oh non! Rachelle, je ne peux pas accepter ça. Je ne veux déranger personne avec mes problèmes et puis je vais me trouver un nouveau travail. J'ai aussi une pension que mon cher mari m'envoie. J'ai suffisamment pour vivre sans travailler. C'est juste que de ne pas travailler, c'est très long, tu sais.

– Oui, je comprends, mais nous voulons vraiment que tu viennes habiter avec nous. Penses-y Nadia.

– Je pourrais toujours vous payer un loyer.

– Nadia, tu sais très bien que nous n'avons pas besoin de cela. Il n'en serait pas question.

– Bon d'accord, je vais y réfléchir.

– Y'as-tu réfléchit là.

– Oh! Rachelle. Je crois qu'il serait préférable que je garde mon appartement et je pourrais quand même passer beaucoup de temps chez toi. Cela te va.

– Bon c'est très raisonnable. Je viendrai te chercher dimanche et tu pourras t'installer dans la maison des invités pour quelques jours.

– C'est très bien, je serai prête. Vous êtes merveilleux pour moi. Merci Rachelle.

– Nadia, il n'y a pas de problème. Au fait, je voulais savoir quand tes filles vont venir te rendre visite.

– Elles viennent demain. Je suis si impatiente de les voir. C'était tellement difficile d'attendre un long mois. Tu peux passer les voir si tu veux.

– C'est une très bonne idée.

Le soir venu, Max appela Nadia pour l'informer qu'il venait le lendemain.

— Je sais très bien que c'est demain que les filles viennent. J'attends cela depuis un mois. Je ne vis que pour ce jour Max.

— Je les reconduirai à 10h00 et je les reprendrai à 17h00.

— Que dis-tu! Il était bien convenu que j'avais droit d'avoir les filles pour une journée complète.

— Nadia, je n'y peux rien. Je veux qu'elles soient avec moi pour souper.

— J'imagine que tu n'y peux rien parce que ces heures doivent venir de papa.

— Nadia ne te moque pas de mon père.

— Non, je n'ai pas encore ce pouvoir, mais je n'ai pas l'intention qu'il m'enlève le droit de visite complètement.

— Tu exagères.

— J'attendrai les enfants pour 10h00.

Le lendemain, les enfants lui sautèrent au cou en arrivant. Elles n'avaient jamais laissé leur mère pendant plus de huit à dix heures à la fois. Elles pleuraient toutes de joie.

— Maman, je t'aime tellement, tu m'as beaucoup manqué.

— Je n'y peux rien mon poussin, je n'aurais jamais accepté de ne pas vous voir tout ce temps. Je suis obligé de l'accepter et vous aussi. Je vous expliquerai plus clairement quand vous serez plus grande, mais pour l'instant je peux vous dire que votre grand-père a beaucoup d'argent qu'il ne m'aime pas.

— Grand-père nous a déjà dit que c'était pour le mieux, mais moi je n'aime pas cela.

— Qu'est-ce que votre grand-père disait exactement?

— Que tu n'avais pas assez d'argent pour nous nourrir et nous vêtir!

— Nadia raguait.

— Nous allons changer de discussion, pour l'instant il est préférable que nous en restions là et je vous promets de vous expliquer pourquoi papa et moi n'habitons plus ensemble maintenant.

— Papa a préféré avoir plus d'argent que de rester avec nous tous ensemble. Vous savez les filles, si votre grand-père n'était pas méchant avec moi, j'aurais assez d'argent pour vous nourrir et vous vêtir. C'est de sa faute.

— Nadia essaya de leur changer les idées en leur donnant des jeux qu'elle avait achetés pour elles.

— Grand-père Jim nous a déjà acheté ces jeux maman.

— Bon c'est bien. Alors peut-être qu'ont pourrait les laisser ici quand vous allez venir me voir.

— Oui maman.

Nadia raguait. Jim la bloqua sur tous les points. Il avait acheté ses enfants et maintenant il des mensonges à son profit. Le temps filait à toute vitesse, 16 h 30 déjà et Max était déjà à sa porte.

— C'était trop tôt, elles étaient très déçues de devoir partir si vite.

— Max, il n'est que 16 h 30.

— Oui, mais j'avais terminé et j'ai décidé de venir tout de suite. Je ne pouvais quand même pas attendre une demi-heure dans l'auto.

— J'attends un mois avant de les revoir moi et tu ne pouvais pas attendre une demi-heure.

— Nadia tu te fâches toujours pour rien.

— Pourrais-tu t'ouvrir les yeux et regarder autour de toi? Pourrais-tu te mettre à ma place pour essayer de me comprendre?

Max prit les enfants et sortit. Les mois passèrent, bientôt Nadia aura ce bébé qu'elle attendait avec impatience. Deux semaines et j'aurai enfin ce garçon. Elle avait dit au médecin de ne le dire à personne. Même dans son bureau. Les journalistes la harcelaient trop.

— Nadia s'il vous plaît, soit gentille et dis-toi qu'il ce pourrait que ce soit une autre fille.

— Ne t'inquiète pas Rachelle, si c'est une autre fille, je l'aimerai autant.

— Je l'espère.

Trois semaines plus tard, rien ne s'était encore passé. Nadia alla chez son médecin et celui-ci lui confirma que l'accouchement serait pour très bientôt.

— Dans un jour ou deux maximum.

— Je suis contente, car je n'en peux plus, je suis très fatiguée.

— Retounez chez-vous et reposez-vous.

Nadia écouta les ordres que le médecin lui avait donnés. Elle se rendit chez elle pour se reposer. Elle s'était endormie sur le canapé et le téléphone la réveilla.

— Bonjour Nadia, c'est Max

— Nadia leva les yeux.

— Est-ce que les filles vont bien? Sont-elles malades?

— Non Nadia, je t'appelais pour avoir des nouvelles à savoir si le docteur t'a donné une date plus précise pour l'accouchement?

— Max, qu'est-ce que cela peut te faire? Quand je l'aurai, tu en seras informé avant que le bébé soit né. Et n'oublie pas, tous les journaux seront présents.

— Nadia, ne fais pas ça. Je veux que tu m'appelles, car je veux assister à l'accouchement et je ne veux pas de journalistes

– Max, j'ai un message dans mon ordinateur
qui est prêt à partir et que j'enverrai à la minute où
je me rendrai à l'hôpital. Les seuls que j'aviserai
sont les journalistes. Je ne veux pas de toi cette
fois-ci.

Elle raccrocha la ligne sur ces derniers mots.

Deux jours plus tard, comme prévu, Nadia
envoya son message et se rendit à l'hôpital, elle
allait accoucher pour une troisième fois. Mais
cette fois, elle était seule, Max n'était pas près
d'elle. Nadia aurait aimé qu'il soit là près d'elle,
cette situation lui faisait mal.

Peut importe les circonstances se disaient-elle,
elle prit le téléphone et signala le numéro de
l'édifice Wilson. Max était sorti pour la journée.
Elle r'accrocha. Se résignerait-elle à téléphoner
directement à la résidence Wilson, elle n'avait
jamais osé. Mais elle avait besoin de parler à Max
à tout prix. Le médecin avait mentionné à Nadia
qu'elle avait un très gros bébé et qu'il faudrait
peut-être faire une césarienne. Elle avait tout à
coup très peur et avait besoin de support. Rachelle
étant absente pour trois jours encore, il ne lui
restait que Max. Si Jim lui répondait, elle n'aurait
qu'à refermer le téléphone. Elle se décida et
décrocha le téléphone à nouveau.

– Serait-il possible de parler à M. Max Wilson
s'il vous plaît?

– De la part de qui je vous pris?

– Rachelle

– Nadia avait tellement peur que les domestiques aient l'ordre de lui raccrocher au nez, qu'elle prit le nom Rachelle. Qu'allait-elle dire à Max? Elle ne savait pas comment lui expliquer sa peur et le besoin de l'avoir près d'elle. Elle voulut raccrocher, mais Max était au bout du fil.

– Bonjour Rachelle.

– Nadia hésita, elle ne savait que lui dire. Est-ce une erreur qu'elle était en train de faire?

– Nadia, est-ce que c'est toi?

– Oui Max, je m'excuse, je ne voulais pas te déranger.

– Tu ne me déranges pas du tout. Qu'y a-t-il Nadia?

– Je suis à l'hôpital.

– Est-ce que le bébé est né?

– Non, pas encore. Le travail a commencé.

– Tu t'es décidée à me téléphoner, y a-t-il des complications.

– Non, j'ai seulement soudainement très peur. J'avais envie de te parler c'est tout.

– Voudrais-tu que je passe te voir?

– Oui, si tu veux, ce serait bien. Rachelle ne revient pas avant trois jours.

– Je serai près de toi dans quelques minutes.

Nadia était impatiente d'avoir Max près d'elle. Il était venu reconduire les enfants la première fois, par la suite c'était toujours juste le chauffeur qui les amenait et venait les rechercher. Max entra et Nadia lui expliqua qu'elle avait très peur parce que le médecin lui avait dit qu'il pouvait y avoir des complications, que le bébé est très gros. Il se peut qu'il soit obligé de faire une césarienne.

— Si tu veux, je reste près de toi.
— Ça pourrait être très long.
— Peu importe, c'est aussi mon bébé.
— Oui, c'est ton bébé aussi.

Quelques heures plus tard, Nadia accoucha d'un beau gros garçon en pleine forme. Nadia n'avait pas encore dit à Max que c'était un garçon, il était si content. Ils retournèrent à sa chambre. Max et Nadia restèrent seuls un moment avant que l'infirmière amenait le bébé.

— C'est merveilleux, un garçon. Je commençais à me sentir seul. Nous ne sommes toujours pas majoritaires, mais enfin, nous sommes deux. Comment allons-nous l'appeler?
— Cette question fit penser à Nadia toutes ces intentions à propos de son beau-père. Mais il lui fallait aller jusqu'au bout, sinon elle ne pourrait jamais regagner les enfants et le mari qu'elle aimait tant.

— Jim Wilson

— Max resta bouche bée.

— Je ne comprends pas, tu n'aimes pas mon père et tu vas appeler notre fils Jim. Pourquoi Nadia?

— Je ne veux pas répondre à ta question tout de suite. Parlons plutôt des filles. Vas-tu leur annoncer ce soir qu'elles ont un petit frère?

— Oui certainement.

— Pourrait-elle venir me voir demain?

— Oui, je te le promets.

— Max!

Nadia hésita un moment, elle resta muette.

— Oui Nadia, que veux-tu me dire.

— Elle le regarda dans les yeux. Elle voulait lui dire ''je t'aime''. Mais elle ne pouvait pas, il ne fallait pas. Mais Max avait compris, il la prit dans ses bras et l'embrassa.

— Non Max, il ne faut plus se faire du mal.

— Je voudrais tellement que tu acceptes le fait que je suis avec mon père seulement le temps qu'il t'accepte. Ensuite nous reprendrons notre vie ensemble.

— Non, je ne peux pas accepter toute la souffrance que cela m'apporte.

— Très bien. Je vais revenir avec les filles demain. Repose-toi.

Le lendemain, les filles étaient émerveillées de voir leur petit frère.

— Maman, est-ce que Jim va venir habiter avec nous?

— Non mes chéries, il vient habiter avec moi.

Elle regarda Max dans les yeux.

— Nadia, concernant son prénom, je ne veux pas que tu l'appelles Jim.

— C'est pourtant le nom que je lui donnerai.

— Je te l'interdis.

Il sortit avec les enfants et Nadia n'avait même pas eu le temps de dire au revoir à ses filles. Il lui téléphona dans l'après-midi pour l'informer qu'elle n'aurait plus le droit de voir les filles. Elle ne voulait que faire des problèmes et que Max comprenait ce qu'elle voulait faire.

Nadia était folle de rage. Elle décida de jouer le jeu. Si Max était assez naïf pour ne pas comprendre à quel point son beau-père n'était pas si important que leur vie ensemble et la souffrance qu'il lui imposait pour arriver à ces fins, elle était pour lui faire comprendre elle.

Nadia contacta la presse à nouveau pour leur dire le prénom de son garçon, il se nommait Jim Wilson. Après avoir fait cette déclaration, tous les journalistes sortirent de la chambre à grande course et personne ne se souciait à savoir si Nadia avait autre chose à ajouter. Ceci leur suffisait. C'était une bombe pour eux.

Nadia se fit apporter les journaux le lendemain. C'était aussi scandaleux que le lendemain du procès qu'elle avait eu avec Max pour la garde des filles.

Nadia reçue des dizaines de bouquet de fleurs et des messages à ne plus pouvoir les lires tellement il y en avait, tous des encouragements pour qu'elle continue pour pouvoir gagner sa cause. Elle décida d'en partager avec les journalistes comme ceux-ci : ''félicitation pour le nouveau bébé'', ''félicitation pour le nom que vous avez choisi, il ne mérite que cela'' ou ''félicitation et beaucoup de chance dans ce que vous vous apprêtez à faire''.

Certaines personnes avaient compris, tout comme Max, le jeu que Nadia s'apprêtait à jouer. Nadia était sure que Jim Wilson l'avait compris aussi.

— Le téléphone se mit à sonner. Nadia décrocha le combiné.
— Bonjour.
— Qu'as-tu fait Nadia?

— Tu m'as enlevé mes deux filles et je me suis vengée, tu n'as pas le droit de me faire souffrir à ce point Max.

— Pourquoi Nadia, pourquoi rends-tu les choses plus difficiles?

— Tu verras un jour ce que les choses plus difficiles sont vraiment.

— Nadia cela n'aidera personne.

— Tu crois vraiment. Tu sais, j'ai reçu des fleurs de tous vos amis, je parle aussi des amis de Jim. Tu aurais dû m'en envoyer. Ah! c'est vrai, je me demande si Jim a encore des amis…hum, bonne question.

— Je t'en enverrai des fleurs, mais arrête s'il vous plaît.

— Non Max, garde tes fleurs et tes forces, tu en auras besoin pour réconforter ton père qui sera seul au monde.

Nadia lui raccrocha au nez. Une heure plus tard, elle reçut le plus merveilleux des bouquets de fleurs qu'elle n'avait jamais vu. Max avait fait inscrire de tes filles.

Rachelle et Sylvio vinrent la voir à leur arrivée.

— Naida, comment te sens-tu? Tu aurais pu attendre mon retour.

– Ah! oui, certainement. Elles rirent de bon cœur. Je me porte très bien. Et comment a été votre voyage?

– Très bien, je vais avoir plein de choses à te raconter, mais pour l'instant nous allons te laisser te reposer. Nous allons passer à la pouponnière voir Jim et je reviendrai demain.

Ils passèrent voir Jim. Il était si mignon. Il était le portrait de Max tout craché. Le temps passa très vite et Jim fêtait déjà ses deux ans.

– Nadia, tu sais que de voir Jim se promener partout dans la maison depuis deux ans nous a donné le goût de commencer la nôtre, notre famille.

– Rachelle, tu n'es pas en train de me dire que tu es enceinte.

– Oui, c'est merveilleux, je suis si contente Nadia.

– Félicitation. Tu verras comme c'est charmant un enfant, c'est un cadeau du ciel.

Jim commençait à parler un peu. Nadia avait tellement hâte dans deux ans, elle pourra accomplir ce qu'elle voulait. En attendant, elle voulait la garde de ses filles. Depuis déjà un an et demi qu'elle travaillait. Elle avait fait beaucoup d'économie.

– Rachelle, je ne veux pas te décevoir, mais je me suis trouvé un nouvel appartement, alors je ne viendrai plus aussi souvent chez toi. Il est un peu plus loin, il y a beaucoup de lumière et il est plus près de mon travail.

– Oh Nadia! tu es sure, car Sylvio et moi n'avons aucune objection à ce que tu restes à utiliser la maison d'invité quand tu le veux. Mais si c'est vraiment ce que tu veux, c'est très bien, mais seulement à une condition. Si tu as des problèmes, tu m'avises et ce sera un plaisir de te reprendre.

– Je te le promets. Tu es si bonne pour moi, merci mille fois.

Nadia s'installa dans son nouvel appartement et cinq mois plus tard, Rachelle accoucha d'un beau petit garçon. Les filles manquaient de plus en plus à Nadia. Elle décida de téléphoner Max pour essayer de le convaincre qu'il lui fallait voir ses filles. Elle ne pouvait plus vivre comme cela.

– Le lendemain, elle fût très surprise quand Max téléphona.

– Pourrais-je venir te voir, j'aimerais voir mon fils.

– Certainement, mais n'oublie pas d'amener mes filles, je dois les voir aussi Max.

– Je sais Nadia. Elles ne seront pas là cette fois-ci, mais je discuterai avec mon père pour que tu puisses les prendre une fin de semaine complète si tu veux.

— Qu'est-ce que ton père a à voir dans tout ça!

— Mais Nadia, il paie des cours aux filles les fins de semaine. Il faut que je lui demande d'annuler.

— Je ne crois pas à cette simple raison. Et pour voir ton fils, tu dois m'amener mes filles. Sinon, tu n'entres pas.

Nadia raccrocha. Elle était très déçue, elle pleurait à chaudes larmes, elle voulait voir ses filles. Elle n'entendit plus parler de Max. Elle l'appela à plusieurs reprises, mais il ne la recontactait jamais. Quelques mois plus tard, elle fût encore plus désolée quand elle reçut une lettre lui mentionnant que M. Max Wilson demandait la garde permanente de leur fils.

Nadia faisait l'apprentissage à son fils. Elle savait qu'il était encore pour gagner sa cause. C'est si simple quand on a le monopole de la ville entière. Même si je me sauve au bout du monde avec mon fils, avec l'argent qu'ils ont, ils me rattraperont et me feront payer encore plus cher. Je vais juste finir en prison. Mais Nadia savait très bien que cela était pour arriver.

Elle répéta à son fils qu'elle l'aimait de tout son cœur et que son grand-père Wilson n'était pas gentil. Elle lui expliqua que c'était à cause de lui que ses sœurs n'habitaient plus avec eux. Jim ne comprenait pas beaucoup, il avait à peine 3 ans. Nadia lui faisait répéter plusieurs fois par jour ''grand-papa pas gentil''.

— Je veux rester ici moi maman.

— Oui, je sais mon chou. Si tu le dis souvent, souvent à papa, peut-être va-t-il comprendre. N'oublie pas Jim, tout cela est la faute de ton grand-père Wilson. Tu sais il te donnera beaucoup de cadeaux pour que tu ne demandes plus à me voir, mais promet-moi que tu vas continuer à demander à me voir mon chéri.

— Oui maman.

Nadia se rendit en cour et n'objecta pas à la décision du juge. Elle savait très bien que cela ne lui donnerait rien. Elle voulait que Jim junior aille vivre chez son grand-père. Elle savait que son fils l'écouterait. Elle sortit de la cour sans regarder Max. Elle prépara son fils en lui répétant que s'il l'écoutait, il reviendrait vivre avec elle.

— Max frappa à la porte. Nadia embrassa son fils qui commençait à pleurer à chaudes larmes. Elle fit sortir son fils et elle ne regarda pas Max. Son cœur était déchiré, mais elle savait que la vengeance approchait.

— Bonjour Jim, je suis ton papa.

Jim refusa de parler. Ce fut comme cela pendant une semaine complète. Il pleurait continuellement. Jim sénior lui acheta tous les jouets possibles pour essayer de le calmer un peu, rien ne fonctionnait. Et il ne connaissait pas ses sœurs non plus alors rien n'aidait. Jim ne mangeait pas assez.

— Qu'allons-nous faire avec cet enfant?

— Je ne le sais pas plus que toi. C'est mon fils et je ne l'ai vu qu'une fois depuis sa naissance. Tu disais que cela serait mieux ainsi de ne pas le voir immédiatement et que là nous devrions les réunir, mais je ne sais plus. Je crois que j'ai fait une erreur.

— Non, laisse-lui un peu plus de temps.

— Jim Wilson alla lui acheter un poney.

— Regarde Jim, il est à toi.

— Je n'en veux pas, je veux ma maman.

Nadia lui avait répété tellement de fois qu'il devait demander pour elle à plusieurs reprises.

— Tu as ton papa ici et tes deux sœurs.

— Je veux seulement ma maman.

— Et moi, ton grand-père, je ne te fais pas de jolis cadeaux.

— Toi, je ne t'aime pas. C'est ta faute, tu m'as enlevé ma maman. Va-t'en, je ne t'aime pas.

– Jim Wilson était insulté. Il sortit de la chambre comme une bombe. Il alla parler à Max du comportement de son fils.

– Ce garçon a vraiment besoin d'être vu par un médecin.

– Qu'est-ce qu'il a, est-il malade?

– Il dit ne pas m'aimer, il répète cela sans arrêt. Comment un garçon de trois ans peut-il comprendre la signification du mot aimer?

– Laissons-lui du temps, comme tu disais.

Trois mois plus tard, les choses ne s'étaient pas beaucoup améliorées. Jim blâmait toujours son grand-père et celui-ci ne pouvait plus le supporter. Max voyait la tension monter du côté de son père.

– Papa, il me faut reconsidérer de redonner Jim à sa mère. Cet enfant ne peut plus vivre comme cela. Il pleure constamment, il ne mange pas bien, les choses ne font que s'aggraver.

– Laisse-moi contacter le médecin avant. Si elle était morte, tu ne pourrais pas lui rapporter l'enfant.

Le médecin vient rendre visite au petit Jim une journée que Max était en voyage d'affaires. Le verdict qu'il rendit ne plus pas du tout à M. Jim Wilson.

— L'enfant a besoin de sa mère. Si elle était morte, ce serait différent, nous pourrions essayer de lui faire comprendre, mais ce n'est pas le cas et il sait très bien que sa maman l'attend. Je crois que sa mère l'a bien entrainé à cela, car il répète toujours la même chose. Il ne veut que sa mère et il en est obsédé. Je ne crois pas que votre fils s'améliorera si vous ne trouvez pas une solution très vite.

— Alors nous pourrions lui dire que sa mère est morte.

— M. Wilson, sa mère n'est pas morte. Ne faites pas cela, vous pourriez regretter votre geste.

M. Wilson parla à son fils et il lui fît comprendre que chaque fois que les enfants iraient voir leur mère, ils seraient bouleversés encore beaucoup plus et que tout sera à recommencer à chaque fois et qu'il serait préférable que les enfants ne voient plus leur mère. Il parla à Nadia et celle-ci acquiesça sans dire un mot. Max ne la comprenait pas, il croyait qu'elle objecterait cette décision.

— J'accepte, mais par contre, je dois voir les enfants une dernière fois.

Nadia avait le cœur brisé, mais elle jouait bien son jeu. À quoi voulait-elle arriver. Elle prit les enfants pour un après-midi et leur expliqua que c'était à cause de leur grand-père que tout cela arrivait, qu'elle les aimait énormément et qu'elle les attendrait toute sa vie s'il le fallait. Quand ils seraient grands, ils pourraient revenir vers elle, elle les attendrait toujours. M. Wilson avait finalement gagné ce qu'il voulait et Nadia savait que le jeu deviendrait aussi dur. Elle l'avait comprise depuis longtemps. Elle était prête à se battre en silence.

M. Wilson se rendit à la cuisine et convoqua tout le personnel de la maison.

– À partie d'aujourd'hui, vous devez dire aux enfants que leur mère est morte et le premier qui dira le contraire, sera congédié sur le champs et ceux qui ne sont pas d'accord avec cela peuvent immédiatement sortir d'ici et comptez sur moi, cette personne n'aura plus d'emploi dans cette ville.

Tout le personnel se tue jusqu'à ce que M. Jim Wilson soit sorti. La cuisinière leur posa une question.

– Est-ce que quelqu'un est d'accord avec cet homme ou suis-je la seule à avoir un cœur ici.
– Tous répondaient qu'ils avaient aussi un cœur, mais des familles à faire vivre.
– Oui je sais.

Elle avait le cœur brisé. Elle avait soixante-huit ans. Elle se mit à penser qu'elle n'avait plus rien à perdre. Elle était beaucoup trop vieille pour continuer à jouer à ce petit jeu. Elle ne voulait plus plaire à son patron comme elle l'avait toujours si bien fait. Elle était pour contacter Nadia. Elle ne voulait pas briser le cœur des trois enfants.

Elle commença ses recherches pour retrouver Nadia. Elle ne voulait demander à personne du personnel pour son numéro de téléphone ou son adresse. Elle la chercha pendant deux bonnes semaines avant de tomber sur des informations au sujet de Nadia que Max avait laissées à la cuisine.

Elle expliqua à Nadia ce que M. Jim Wilson avait fait. Nadia n'en croyait pas ses oreilles. Jusqu'où ira-t-il ce salaud?

— Est-ce que Max est au courant?
— Je ne pourrais vous dire Madame, M. Wilson nous a bien défendu de ne parler de cela à personne, incluant M. Max.
— Très bien, je vous remercie de tout cœur de m'avoir informé de cette situation.
— Faites attention à vous, Madame. J'ai quelque chose à vous demander, Mme Wilson.
— S'il vous plaît, appelez-moi Nadia.

— Il faut penser que nous avons tous des familles à faire vivre et quand M. Jim Wilson apprendra que vous êtes au courant, nous aurons des temps durs. S'il vous plaît, soyez discrète.

— Ne vous inquiétez pas. Merci encore, comment vont les enfants?

— Très bien Madame, nous les aimons tous beaucoup et nous prenons bien soin d'eux. Ne vous inquiétez pas.

— J'ai tellement hâte des revoirs et surtout de pouvoir les avoir de nouveau avec moi.

— Je vous comprends Nadia et j'espère qu'un jour, vous pourrez vous réconcilier avec M. Max.

— Qu'est-ce qui vous fait croire que Max veut encore de moi, ce que je veux moi c'est mes enfants c'est tout.

— Je dois vous dire Nadia que M. Max parle toujours en bien de vous.

— Cela ne me donne pas mes enfants.

Nadia la laissa sur ces mots et elle pensait au moyen de se faire voir, de faire parler d'elle. Ce n'était pas son genre, mais là elle n'avait pas le choix. Il lui fallait trouver un moyen pour que les enfants sachent qu'elle était vivante sans laisser voir qu'elle avait été informée par le personnel de la maison qu'elle passait pour morte pour ses enfants. Comment allait-elle faire?

Après quelques semaines de recherche, Nadia ne trouvait toujours pas. Elle était prête à accepter l'invitation que son patron lui avait faite pour pouvoir être vu de tous. Son patron, M. Baker, avait quelques salles de théâtre et il avait invité Nadia à la première d'un film très attendu du public. Nadia n'avait vraiment pas l'intention de s'y rendre jusqu'à ce qu'elle pense à ses enfants, il lui fallait s'y rendre. Depuis un bout de temps que Rachelle lui disait qu'elle devait penser à refaire sa vie, qu'elle était encore jeune. Nadia le sentait soudainement, la solitude lui pesait, elle avait besoin de quelqu'un avec qui partager sa vie. Ce n'est pas facile après toutes ces années, de refaire sa vie. La vie qu'elle voulait elle, c'était celle avec ses enfants.

Elle appela Rachelle et tous les deux allèrent faire les magasins pour trouver une tenue convenable à Nadia. Rachelle fit essayer des robes du soir à Nadia. Celle-ci eut du mal à se sentir confortable dans les robes jusqu'à ce qu'elle essaie la plus belle robe de soie blanche.

— Nadia tu es merveilleuse dans cette robe, elle te va à merveille. Ce soir je vais coiffer tes cheveux, tu veux bien?
— Oui, si tu veux.

Rachelle remonta les cheveux de Nadia et quand celle-ci fût prête à partir, Rachelle lui indiqua que si son patron ne veut plus la ramener à la maison, ce sera la faute de Nadia, car elle était tout simplement splendide.

— Nadia, vous êtes superbe!

— Merci M. Baker.

— Nadia, il serait préférable que nous nous tutoyions, vous ne trouvez pas.

— Oui bien sûr Mike.

— Vous serez la plus belle femme de la soirée, j'en suis sure.

— N'en met pas trop, tu vas me gêner Mike.

— Oui très bien, mais j'y crois. Viens, nous allons être en retard.

Nadia prit la fourrure que Rachelle lui avait laissée pour cette soirée, elle la tendit à Mike et celui-ci la mit sur ses épaules. Nadia ne pensait pas du tout aux enfants à cet instant précis, elle était beaucoup trop nerveuse. Elle était joyeuse, elle allait assister à une première.

Depuis qu'elle avait rencontré Max, sa vie avait chaviré. La seule chose qu'elle aurait dû faire pourtant était de se concentrer sur sa carrière. Mais non, l'amour avait gagné sur ses bonnes intentions.

Mike et Nadia firent leur entrée dans la salle de réception. Nadia se disait qu'elle devrait retourner chez elle, elle qui n'avait plus ses enfants, avait-elle le droit de se réjouir sans eux? Elle se sentit soudain très mal. Mike l'entraina. Il y avait beaucoup de monde. Elle était fière d'avoir choisi cette robe, elle se sentait belle. Elle ne pouvait pas demander à Mike de la ramener immédiatement, elle lui ferait honte. Elle avait accepté, elle resterait jusqu'à la fin.

— Elle décida de s'occuper pour ce à quoi elle avait vraiment accepté cette invitation. Elle regarda au tour d'elle et aperçu deux journalistes qu'elle reconnût. Ils n'arrêtaient pas de la dévorer des yeux. Nadia s'aperçut qu'il n'y avait pas que les deux journalistes qui ne la lâchaient pas des yeux, mais la salle tout entière. Elle commença à se sentir très mal à l'aise, elle ne savait plus si elle devait leur sourire ou tout simplement les ignorer. Elle décida de les ignorer et soudainement Mike l'entrainait dans un petit groupe à part, un peu en retrait.

— Bonjour, je voudrais vous présenter mon invitée, Mme Nadia Wilson.
— Tous se figurèrent. Il regarda Nadia. Soudainement Nadia fût surprise par un homme derrière elle qui la saluait.
— Bonjour Mme Nadia Wilson
— Nadia se retourna la bouche bée. Elle savait que c'était Max. Comment pouvait-elle être aussi

naïve, ne pas avoir pensé un instant que Max ou
même son père pouvait se retrouver à cette soirée?

— Vous êtes ravissante Mme Wilson

— Max, cesse de répéter mon nom tu veux.
N'oublie pas que je t'ai demandé il y a très
longtemps de t'occuper du divorce.

— Max leva la tête vers Mike.

— Je vous l'emprunte quelques instants, vous
voulez bien.

— Aucun problème Max. Je vous attendrai ici
Nadia.

— Oui Mike, merci

Max présenta son bras à Nadia. Aussitôt Nadia
le repoussa. Les journalistes les fusillèrent de
photo. Max fît un grand sourire et Nadia décida
d'en faire autant et de prendre Max par le bras
pour faire une belle photo pour son beau-père
adoré. Après tout, il ne vaut pas mieux que moi lui
ce soir.

— Tu me surprends Nadia, je ne croyais pas
que tu aurais fait un si beau sourire aux médias.

— Mais voyons Max, ne me crois pas si naïve,
c'est pour ton père, il en sera fier!

— Nadia, ne fais pas ton démon. Ça ne te va
pas dans cette si belle robe.

Max l'entrainait à l'écart de tous. Il l'embrassa
sauvagement. Nadia le repoussa brusquement.

– Que fais-tu?

– Je t'embrasse.

– Tu n'en as pas le droit

– Tu m'excuses, je n'ai pas pu me retenir. Tu es si belle ce soir.

– Je te remercie pour le compliment, mais ça ne te donne pas le droit de m'embrasser quand bon te semble. Tu pourrais plutôt me dire comment se portent nos enfants.

– Ils vont très bien. Jim se rapproche de moi de plus en plus.

– Oui Max, je ne suis pas surprise. Il y a une raison pour cela. Ton père a dit aux enfants que j'étais morte.

– Nadia, tu exagères. Ton imagination travaille beaucoup trop.

– Je ne te dis que la vérité Max.

– Bonne soirée Mme Wilson.

Max sorti furieux. Nadia l'avait encore fâché. Nadia alla rejoindre Mike. Les lumières s'éteignirent, il fallait aller s'asseoir. Nadia ne pût se concentrer sur le film, elle essaya de ne pas montrer à Mike son impatience de retourner chez-elle. En sortant de la salle de théâtre, les photographes attendaient Nadia et Max en grand nombre. Elle ne voyait rien tellement elle était aveuglée par les lumières des flashs. Mike l'attira jusqu'à la voiture et la ramena chez elle.

– Je vous remercie pour la belle soirée que vous m'avez fait passer Mike. Mis à part les journalistes.

– Il faut les excuser Nadia, vous êtes tellement belle ce soir.

– J'espère avoir été à la hauteur.

– Vous étiez la plus belle de toutes. Vous étiez plus qu'à la hauteur. Allez-vous reposer maintenant et nous nous reverrons lundi au travail.

– Oui. Merci encore Mike. J'apprécie beaucoup votre amitié.

Nadia entra chez elle, elle était exténuée. Maintenant elle avait une réponse à sa question, la femme qui était au bras de Max ce soir était celle qui était dans les journaux au bras de Max plusieurs années auparavant. Le téléphona sonna, Nadia sortie de ses pensées.

– Nadia, c'est Rachelle. Je n'ai pu attendre, je veux savoir comment la soirée c'est passé.

– Rachelle, tu devrais déjà dormir depuis longtemps. La soirée c'est très bien passé. Je serai même dans les journaux au bras de mon cher mari.

– Non!

– Oui

— C'est fantastique. Je vais acheter tous les journaux demain et je viendrai prendre le petit déjeuné avec toi, tu veux bien.

— Oui d'accord. Tu ferais mieux d'aller au lit si tu veux te lever demain.

— Oui, bonne nuit et à demain.

Rachelle raccrocha, elle avait un grand sourire sur les lèvres. Elle savait très bien que Max devait assister à cette soirée. Elle espérait qu'il avait démontré un peu d'amour à Nadia, car celle-ci l'aimait toujours, c'était très évident.

Nadia se prépara à se mettre au lit. Elle ne pouvait s'empêcher de penser au baiser que Max lui avait donné. Elle aurait voulu lui redonner son baiser avec tant de fugueurs. Soudainement elle entendit frapper à la porte. Elle regarda l'heure, déjà 2 h 30 du matin, qui pouvait bien frapper à sa porte.

— Qui est là?

— C'est moi Max.

— Nadia ouvrit la porte en vitesse, il continuait de frapper dans la porte en la suppliant de lui ouvrir. Elle ne voulait pas qu'il alerte tout l'appartement.

— Que veux-tu Max, est-ce les enfants?

— Non les enfants vont très bien. Tu ne me demandes pas ce que je veux… Moi Nadia.

– Il l'embrassa à nouveau, si sauvagement. Le corps tout entier de Nadia voulait répondre à ce baiser aussi sauvagement, mais elle le repoussa doucement.

– Tu me feras que du mal Max.

– Non Nadia, je t'aime.

– Tu m'aimes! Mais tu aimes encore plus les sous de papa. Non Max, je regrette.

– Nadia, je parlerai à mon père demain et s'il ne veut toujours pas t'accepter, je reviendrai auprès de toi avec les enfants. Je ne peux plus me passer de toi.

– Ils discutèrent pendant un moment et soudainement Max embrassa Nadia de nouveau, mais cette fois tout doucement. Elle se laissa aller, c'est si facile quand on aime. Ils firent l'amour jusqu'à ce que soudainement un bruit de l'entrée se fît entendre.

– Nadia, tu attends quelqu'un.

– Non, pas de sitôt. Attends, je vais aller voir.

– Nadia ouvrit la porte et fût surprise de voir Rachelle de si bonne heure. Celle-ci entra presque en courant et mit une pile de journaux sur la table. Nadia était stupéfaite, Rachelle n'arrêtait pas de parler une seconde.

– Regarde ce qu'on dit de toi. ''Mme Nadia Wilson à son meilleur'' ou encore ''Le couple Wilson fait fureur. V'ont-ils retournés ensemble?'' il y en a même un qui dit '',Mais où M. Max Wilson a-t-il passé la nuit?''.

– Rachelle, ferme là. Laisse-moi placer un mot s'il vous plaît

– Qu'y a-t-il, tu es toute blême Nadia? Il fallait t'attendre à cela.

– Non je vais bien, mais je n'ai pas dormi de la nuit et Rachelle…je ne suis pas seule.

– Rachelle se mit à fixer le journal où il était mentionné ''Mais où M. Max Wilson a-t-il passé la nuit?''. Nadia lui fit timidement signe que oui.

– Tu aurais dû me le dire. Je m'excuse Nadia, je reviendrai plus tard.

– Si j'avais su!

– Rachelle était contente de voir que Max était revenu près d'elle. Nadia ferma la porte et retourna trouver Max. Celui-ci riait.

– Ah! toi, tu n'as même pas surveillé à savoir si les journalistes t'avaient suivi.

– Ils me suivent constamment. Je dois t'avouer que je n'y ai pas pensé hier, je ne pensais qu'à toi ma chérie.

– Je t'aime Max, mais quand arrêteras-tu de me faire souffrir?

– Je ne veux pas te faire souffrir, j'arriverai à mon but. Ce que je ne comprends pas par contre, c'est pourquoi mon père est si persistant envers toi. Et si nous allions déjeuner au restaurant?

– Je crois que les journaux parlent déjà assez de nous pour l'instant. Ton père en aura assez à digérer. Je vais préparer le petit déjeuner ici.

– Si tu préfères.

– Ils se rendirent à la cuisine. Ni un ni l'autre ne déjeuna, ils regardèrent les journaux et riaient joyeusement de tout ce que les journalistes pouvaient bien oser écrire.

– Nadia, il faut que je parte, les enfants vont se demander où je suis ce matin. Je prends toujours le petit déjeuner avec eux.

– Tu pourras leur dire que tu as passé la nuit avec leur maman et que je les embrasse très très fort. J'espère les revoir bientôt.

– Oui, ce soir nous pourrions dîner tous ensemble, qu'en dis-tu?

– Les enfants me manquent tellement. J'aimerais beaucoup. Mais où allons-nous dîner? Pas chez ton père, je ne suis pas prête et je ne crois pas que lui non plus.

– Non, je vais réserver. Je viendrai te prendre à 18h00.

– Je serai prête.

– Quand Max entra chez lui, tous étaient à la table pour le petit déjeuner à l'exception de M. Jim Wilson. Jim appela son fils à la minute où il s'assoyait avec les enfants pour prendre son petit déjeuner.

– Contrairement à ce que Max pensait, ce ne sont pas les enfants qui lui demandaient où il avait passé la nuit, mais son père. M. Jim Wilson n'avait pas lu tous les journaux, il manquait un peu d'information.

– Qui est l'heureuse élue mon garçon.

– Nadia, ma femme.

– Son père se leva et le fusilla du regard. Les enfants le regardèrent surpris.

– Tu étais avec maman.

– Oui, je vais vous expliquer plus tard.

– Mais papa, grand-père nous a dit que maman était morte, comment pouvais-tu être avec elle au ciel.

– Non maman est bien vivante et elle vous embrasse tous très fort.

– Max sortit de la pièce et entraîna son père avec lui.

– Papa, il serait temps que nous parlions, tu ne trouves pas.

– De cette femme qui a détruit ma vie.

– Non, celle qui t'en a donné une. Elle t'a aussi donné mes trois enfants que tu adores.

– Que veut-elle de plus que ce que je lui ai donné?

– Tu ne lui as rien donné et elle ne veut rien de plus. Moi par contre, je l'aime et je n'aimerai personne d'autre qu'elle. J'ai essayé et j'en suis incapable. Je ne suis pas heureux dans cette situation.

– Jim se tut, il ne savait plus quoi dire et il en avait déjà assez fait. Ses paroles étaient sorties trop vite, mais Dieu merci, Max n'avait pas réalisé l'ampleur de ses paroles.

– Pourrais-je savoir de quel droit tu as dit aux enfants que leur mère était morte… quel atrocité papa, comment as-tu pu faire cela.

– Je croyais bien faire.

– À partir d'aujourd'hui je serai le seul responsable de mes enfants et je serai le seul à décider ce qui est bon ou non pour eux.

– Jim n'était pas bien et Max le sentait. C'était la première fois qu'il voyait son père dans cet état. Cet homme qui était toujours parfaitement sûr de lui. Quelque chose n'allait pas.

– Papa, que voulais-tu dire quand tu as dit ''Que veut-elle de plus que ce que je lui ai donné''? Tu n'as jamais rien donné à ma connaissance à Nadia. Est-ce qu'elle te fait chanter et je ne le saurais pas, tu lui as donné de l'argent pour qu'elle abandonne les enfants…quoi dis-le-moi.

– Rien, rien. C'est toi mon fils que je lui ai donné.

– Tu peux oublier cela, tu ne lui as rien donné.

– Max appela la bonne.

– Je sors avec les enfants pour le souper. Faites en sorte qu'ils soient prêts à partir pour 17h30 et pourriez-vous téléphoner aux Suites Palace pour faire une réservation pour cinq personnes.

– Oui Monsieur, sans problème. Puis-je dire aux enfants qu'ils sortent souper avec leurs parents ce soir?

– Comment savez-vous que je sors avec Nadia?

– Désolés, les journaux Monsieur.

– Très bien, annoncez-leur.

– La bonne courra à la cuisine pour annoncer aux enfants la bonne nouvelle.

– Enfin nous allons revoir maman.

– Oui, elle sera très contente de nous revoir.

– J'avais peur d'être obligé d'attendre d'être grand comme maman disait.

– Le petit Jim courut au salon voir son grand-père.

– Vous voyez grand-père, maman m'avait bien dit qu'elle reviendrait me chercher.

– Oui mon petit. Dis à maman qu'elle a gagné la partie.

Max et les enfants passèrent prendre Nadia comme prévu. Les enfants voulaient tous lui parler en même temps tellement ils étaient excités.

– Maman, maman, grand-père m'a dit de te dire que tu avais gagné la partie.

– Nadia et Max se regardèrent.

– Venez, nous allons au restaurant, sinon nous n'aurons plus de place.

Tous ont apprécié le souper en famille. Max reconduisit Nadia chez elle et promit de lui téléphoner, qu'il voulait discuter avec elle.

Après que les enfants furent couchés, Max demanda à voir son père, il ne le trouvait nulle part dans la maison.

— Où est mon père Martha?
— Il est parti sans dire à personne où il se rendait monsieur.
— Très bien, merci Martha.

Max téléphona Nadia et il lui expliqua qu'il voulait parler à son père avant d'avoir une autre discussion avec elle, il avait des choses à régler avec lui. Nadia décida donc de se coucher. Elle pensa et repensa à sa merveilleuse soirée passée en compagnie de Max et les enfants. Tout à coup, elle entendit frapper à la porte. Elle était convaincue que c'était Max qui avait décidé de la rejoindre. Elle alla ouvrir la porte avec un gros sourire aux lèvres. C'était M. Jim Wilson

— Que voulez-vous?
— Je voudrais discuter avec vous Nadia, puis-je entrer?
— Après tout ce que vous m'avez fait endurer. Je souhaite ne pas le regretter.

– Je voudrais m'excuser pour tout ce que je vous ai fait subir. Je voudrais aujourd'hui vous accueillir dans ma maison.

– Je vous remercie Jim, mais je ne veux pas de votre argent et de votre maison. Max et moi nous aimons profondément. Nous allons probablement acheter une maison ensemble et élever nos enfants ensemble. Si vous ne lui barrez pas encore le chemin pour qu'il puisse enfin vivre sa vie. S'il vous plaît Jim, ne nous faites plus de mal, vous voyez bien qu'entre Max et moi, il n'y a que de l'amour.

Ne vous inquiétez pas, il devient propriétaire de l'empire. Il ne le sait pas, mais je vais l'en informer ce soir.

– Je vous le répète, ce n'est pas ce qui m'intéresse.

– Je vous ai très mal jugé Nadia et je m'en rends compte aujourd'hui. Je croyais que vous vouliez seulement l'argent de ma famille et nous faire du mal.

– Pourquoi aurais-je fait cela?

– Nous sommes très riches, vous savez.

– Oui, hé bien, ne pensez jamais cela de ma part. Je ne vois vraiment pas pourquoi je voudrais votre argent, c'est votre fils que j'aime.

– Promettez-moi juste une chose Nadia. Ne m'enlever pas le droit de jouir de vos enfants, je les aime tant.

– Je vous le promets. Si vous ne dites plus de sottise aux enfants, il n'y aura aucun problème et ce sera un plaisir de voir que nous pouvons former une grande famille.

Il repartit. Nadia était contente d'avoir gagné sa bataille, mais elle ne pensait jamais que celle-ci finirait comme cela. S'était très dure de plier aujourd'hui devant cet homme, mais elle le ferait pour ses enfants et peut-être enfin pouvoir être heureuse à son tour.

Max descendit le lendemain avec une intention ferme de parler à son père et de lui faire comprendre qu'il serait avec Nadia pour le restant de ses jours et qu'il lui fallait l'accepter comme belle-fille.

– Bonjour papa, je dois te parler.
– Bonjour Max. Avant que tu commences, je dois te dire que je suis allé voir Nadia hier soir. Nous avons discuté et nous nous sommes réconciliés. Je me suis excusé pour tout ce que j'ai fait. Me pardonneras-tu toi aussi mon fils.

Max était bouche bée. Sa colère se dissipa en un instant. Il n'avait plus matière à évoquer le discours qu'il s'était préparé. Il croyait dur comme fer que son p;re était un homme qui ne pourrait jamais s'excuser à qui que ce soit.

— Oui, mais à partir d'aujourd'hui papa, je prendrai tous les décisions en ce qui me concerne et ceux pour ma famille aussi.

— Je sais que ce sera difficile pour toi, mais tu dois considérer que Nadia est la mère de mes enfants. Et n'oublie jamais à quel point je l'aime, mais je t'aime toi aussi. C'est bien pour cela que j'ai essayé de te plaire. L'amour gagne sur tous les points.

— Ne t'inquiète pas mon garçon, nous n'avons jamais été amis Nadia et moi, mais après la longue discussion que nous avons eue hier, maintenant nous le sommes.

— Je suis fier de toi papa. Je suis vraiment très heureux.

— Mon fils, je suis aussi passé chez le notaire et tu es maintenant mon partenaire à parts égales sur tout ce qui m'appartient et cette décision est irrévocable. Le notaire passera te voir au bureau aujourd'hui pour t'informer de tout ce qui t'appartient. Tu peux maintenant faire vivre ta famille comme tu l'entends et sans crainte. Pour te donner une idée, tu feras environ douze millions de dollars par année.

— Papa, tout cela est très beau, je t'en remercie. Mais n'oublie pas que tout ce que je te demandais, c'est d'accepter ma femme, Nadia.

— Oui, c'est fait mon fils.

– Je te remercie beaucoup pour ce que tu as fait aujourd'hui, tu ne peux pas t'imaginer combien cela me rend heureux.

– Je ne veux plus te perdes, juste à y penser cela me rend malade. Je t'aime et j'aime beaucoup tes enfants.Tu sais Max, j'ai invité Nadia à venir habiter avec nous tous ici, mais je ne crois pas que ce soit son intention. Si tu veux, tu pourrais faire construire une maison sur notre domaine.

– Je vais discuter de cela avec Nadia et nous t'en reparlerons.

– Téléphone-lui tout de suite. J'ai très hâte de savoir.

– Je ne veux pas vraiment la brusquer avec cela. Nous irons souper cette semaine et je vais en discuter avec elle.

– Bon très bien, je dois partir j'ai des rendez-vous ce matin. Demande à Nadia de venir souper avec nous ce soir et dit à Martha qu'elle nous prépare un festin de fête.

– Très bien papa, bonne journée.

– Max et Nadia passèrent une très belle semaine. Plein de projets. Nadia accepta avec joie d'avoir une maison sur le domaine.

– Le téléphone sonna et Nadia courut répondre.

– Nadia, tu sais que je suis toujours en vie.

– Ah oui! Rachelle, excuse-moi. Depuis cette fameuse soirée où je suis sortie avec Mike et que j'ai revu Max, toute ma vie a dérivé. Je m'excuse.

— Que se passe-t-il?

— Rachelle, c'est merveilleux. Max et moi en sommes venus à une entente. Nous nous aimons toujours très fort et Max a discuté avec son père. M. Wilson lui-même est venu chez moi pour s'excuser sans que ce soit Max qui lui demande. Nous allons maintenant bâtir notre maison sur le domaine Wilson.

— Nadia c'est merveilleux. C'est tout ce que je souhaitais pour toi.

Rachelle était vraiment contente pour Nadia. Elle en parla à ses parents et ceux-ci se disaient être retissant à cette nouvelle. Ils avaient dit à Rachelle qu'ils n'aimaient pas cet homme. Rachelle n'arrivait pas à comprendre comment ses parents si compréhensifs et si encourageants dans la vie pouvaient ne pas se faire à cette idée. Même au début, quand ils ont apprît qui était le père de l'enfant de Nadia, ils disaient avoir entendu des choses déplaisantes sur cette famille.

Nadia décida d'aller vivre avec les enfants et Max le temps que leur propriété soit prête. Tous étaient joyeux. La vie parfaite. Nadia avait laissé son emploi et elle vivait maintenant comme Mme Wilson. Elle trouvait cela un peu dur par moment, mais elle était prête au sacrifice pour l'amour qu'elle portait à Max et aux enfants.

La construction de la maison occupa toutes les journées de Nadia. Après l'installation, Max, Nadia et les enfants soupaient avec M. Wilson tous les dimanches. Tout allait bien, c'était la vie parfaite. Par contre, une chose agaçait de plus en plus Nadia, les journalistes étaient de plus en plus présents dans leur vie. Partout où elle allait, les journalistes le savaient, ils là surveillait constamment, elle en parlerait avec Max.

— Tu sais, je crois, que nous devrions toujours avoir un gardien avec nous quand je sors avec les enfants, les journalistes sont de plus en plus arrogants avec moi. Elles ont peur et cela m'inquiète.

— Oui, je comprends. Je vais engager un garde du corps pour vos déplacements.

— Merci.

— Tu crois que quand les enfants seront à l'école, le garde du corps pourrait m'accompagner à mes rendez-vous.

— Oui, nous pouvons aussi en avoir un pour toi. Pourquoi Nadia, y'a-t-il quelque chose que tu ne me dis pas?

— Eh bien oui Max. Il y a un journaliste en particulier qui est partout, partout où je vais. Cela commence sérieusement à m'agacer.

— T'a-t-il dit ce qu'il voulait?

— Non, il dit toujours qu'il doit me voir en particulier, qu'il a des informations pour moi qui changeront ma vie.

— C'est peut-être d'un détective que tu as besoin! Non, mais pourquoi ne le rencontres-tu pas? Tu pourrais le convoquer ici ou à mon bureau et je pourrais voir ça avec toi.

— Oui, c'est une bonne idée. Après il me fichera peut-être la paix. Le problème, c'est que je ne sais pas son nom.

— Pas de problème Nadia, si tu dis qu'il est toujours où tu vas, il sera probablement dans les parages demain quand tu iras chez le coiffeur. Tu lui demanderas de se rendre à mon bureau pour 13 h en après-midi.

— Très bien, c'est une bonne idée. J'aimerais mieux le rencontrer avec toi. Je te téléphonerai pour t'aviser.

Le lendemain, comme prévu le journaliste interpela Nadia à nouveau. Elle lui remit le mot qu'elle avait griffonné avant de partir et il fût très surpris. Nadia n'était pas pour attendre sa réponse quand tout à coup il lui cria.

— Ce ne sera pas possible Mme Wilson, je dois vous rencontrer seule. Cela est à propos de votre enfance, plus exactement l'accident de vos parents.

— Plusieurs journalistes qui se trouvaient là se mirent à la photographier et l'interroger. Elle se faufila à l'intérieur sans perdre une minute. Elle téléphona Max et l'informa de ce qui venait de se produire.

— Tu sais Nadia. Attends-moi et nous ressortirons ensemble de chez ton coiffeur. Je vais le prendre à part et l'interroger.

— Ah! Max je sais que tu es très occupé, mais cela m'intrigue qu'il sache à propos de la mort tragique de mes parents. Personne ici n'était au courant et je ne comprends pas ce qu'il peut y avoir.

— Max alla rejoindre Nadia, mais il fût déçu de voir que celui-ci était absent.

— Nadia, est-ce que tu le vois?

— Non. Il a bien spécifié qu'il voulait me voir seule.

— C'est très dangereux Nadia. N'accepte pas de le voir seule, tu promets?

— Oui.

Nadia était tracassée par ce qu'il avait dit. Elle en parla avec Rachelle, celle-ci lui suggéra de le rencontrer dans un lieu public où il y a toujours beaucoup de monde. Rachelle s'était même offerte pour l'accompagner.

Nadia revit le journaliste quelque jour plus tard. Elle s'approcha de lui et l'invita à la rencontre au restaurant qui se trouvait sur le coin, dans une heure.

— Très bien Mme Wilson, et vous ne le regretterez pas.

— Oui, je l'espère.

Nadia alla téléphoner à Rachelle et la pria de venir la rejoindre le plus tôt possible. Rachelle rencontra Nadia au restaurant une demi-heure plus tard. Elles attendraient patiemment leur visiteur. Personne ne se présenta. Nadia ne comprenait plus, depuis si longtemps qu'il veut la rencontrer, et là il lui fait faux bon.

— Peut-être lui est-il arrivé quelque chose, depuis le temps qu'il veut me parler, je ne comprends pas.

— La serveuse arriva à la hauteur de leur table et s'arrêta.

— Mme Wilson.

— Oui, c'est moi.

— J'ai un message pour vous. Un homme a téléphoné et il dit qu'il doit vous rencontrer seul. Il regrette, mais il ne peut vous rencontrer aujourd'hui.

— Je vous remercie. Il a dit son nom.

— Non madame, je regrette.

— Rachelle, je ne comprends pas cet homme.

— Je crois qu'il veut vraiment te voir seule.

— Max m'a bien défendu de le rencontrer seule.

— Je comprends, mais que vas-tu faire?

— Je ne le sais pas.

— La semaine prochaine j'aurai un garde du corps avec moi pour toutes mes sorties. Il commence à me faire peur celui-là.

— Oui, je crois que cela est devenu nécessaire.

Nadia et les enfants avaient leurs gardes du corps depuis déjà six semaines. Elle se sentait plus en sécurité. Elle voyait toujours ce journaliste. Il ne se manifestait jamais quand il voyait qu'elle n'était pas seule. Il était là et il la regardait sans lui parler. Un jour elle demanda à son garde du corps de rester près d'elle, mais de maintenir une certaine distance parce qu'elle avait besoin de parler avec ce monsieur.

— Très bien madame, mais je resterai assez près de vous, car cela peut être dangereux.

— Très bien, plutôt que d'y aller moi-même, vous pourriez aller demander le nom du jeune homme qui est là.

— Oui.

— Le garde du corps revient avec un bout de papier. Il y avait un nom et un numéro de téléphone. Julien, 456-2200, vous pouvez communiquer en tout temps avec moi.

Nadia ne lui téléphona pas. Dans les semaines qui suivirent, elle s'informa de ce Julien. Il était un journaliste très sérieux avec aucun problème ou antécédent. Un jour elle se décida à téléphoner, cette histoire l'intriguait, il fallait qu'elle lui parle.

– Bonjour Julien, c'est Nadia Wilson.

– Bonjour, je savais que vous communiqueriez avec moi. Vous n'êtes par contre pas trop curieuse.

– Vous me suivez depuis très longtemps maintenant et je voudrais savoir pourquoi avez-vous mentionné l'accident de mes parents et comment avez-vous pari cela.

– Écoutez, je suis journaliste et un bon journaliste trouve tout ce qu'il veut. Je ne voulais pas vraiment vous dire tout cela par téléphone, mais vous ne m'en donnez pas le choix.

– Non, je ne vous rencontrerai pas seule.

– Très bien, j'espère que vous avez assez de temps. C'est une longue histoire.

– Oui, je vous écoute.

– Il faut comprendre que je suis tout ce qui se passe avec la famille Wilson depuis que je suis au collègue. Il faut aussi que vous compreniez que je ne fais pas cela pour vous faire du mal, mais je crois que vous êtes en droit de savoir la vérité.

– Oui, je suis d'accord.

– Vos parents sont décédés dans un accident de voiture quand vous n'aviez que treize ans. Ce que vous ne saviez peut-être pas, c'est que l'homme qui a provoqué l'accident était ivre.

– Ah! Mon Dieu je ne le savais pas.

– Après l'accident, il a été déchargé de toutes responsabilités. Vous le saviez ça?

– Non, je dois vous avouer que mes parents adoptifs ne voulaient pas parler de tout cela.

– Je ne suis pas surpris. Je continue. Après l'accident, la femme de cet homme a appris que ce couple avait une petite fille de treize ans. Elle n'avait pas accepté que son époux soit lavé de toute responsabilité, alors elle prit des arrangements avec vos parents adoptifs pour les payer gracieusement pour prendre bien soin de vous. Cette dame est décédée d'un cancer et elle est morte cinq ans plus tard.

– Je crois que vous allez un peu loin, vous ne trouvez pas. Je ne comprends toujours pas.

– Non, écoutez le reste. Elle est morte avant que vous ayez vos vingt un an. Elle vous avait laissé de l'argent que vous pouviez toucher juste à vos vingt un an. Vos parents adoptifs sont allés en cours pour obtenir l'argent qu'elle vous avait laissé. Ils ont tout gardé d'après ce que je peux comprendre.

– Je n'ai pas à vous répondre.

Nadia n'en croyait rien. Elle se demandait même pourquoi elle continuait à l'écouter.

— Venez-en au fait Julien.

— J'y arrive. Savez-vous pourquoi votre beau père a si peur de vous?

— Quoi, mais non…vous ne me dites pas que Jim serait cet homme.

— Oui, c'est pourquoi vous lui faisiez si peur quand il a découvert que vous étiez celle à qui il avait enlevé ses parents si jeunes. Je ne vous demande pas de me croire ou non Nadia, je sais par contre que cela n'était pas honnête de vous avoir tenu dans le mensonge. Cela dit, ce ne doit pas être facile de dire à sa belle-fille ''c'est moi, qui ai tué tes parents''.

— Vous n'êtes quand même pas pour écrire une histoire aussi stupide.

— Elle n'est pas stupide, vous devriez vérifier par vous même, confronter les gens avec vos questions et voyez-vous même leurs expressions. Je vous assure Nadia, cette histoire est vraie. Pour ce qui est de mettre cela dans le journal, non ce n'est pas mon genre de vouloir publier une histoire à tout prix. Mon intension est loin de vouloir détruire une famille, je trouvais seulement très injuste que vous soyez dans l'ignorance. Il se peut aussi que je me trompe et que vous ayez été d'accord avec tout cela!

— J'étais effectivement dans l'ignorance de tout cela. Je vous remercie de m'en avoir informé. Je vais devoir faire les vérifications nécessaires.

– Naturellement. Ce sera aussi à vous de décider de ce que vous voulez faire de cette information et de votre vie. Quelques fois il faut apprendre à pardonner. Depuis ce jour, Jim n'a jamais repris une goutte d'alcool.

Nadia raccrocha et elle pensait à tout cela, elle ne pouvait s'enlever cette histoire de la tête. Elle commença à repenser à certaines choses qui s'étaient passées avec les parents de Rachelle. Elle avait quand même beaucoup de mal à croire à cette histoire. Mais les parents de Rachelle n'aimaient pas Max, et cela sans le connaître.

Pendant quelques jours elle pensait en parler à Max, mais c'était beaucoup trop délicat. Peut-être pensait-elle en parler à Rachelle. Elle avait peur de lui faire mal, comme elle, elle avait mal en ce moment de penser que les parents de Rachelle auraient pu faire une chose pareille. Ils croyaient probablement que parce qu'ils l'avaient élevé depuis l'âge de treize ans, qu'ils avaient droit à cet argent. L'argent n'était pas ce qui agaçait le plus Nadia, c'était que son beau-père n'avait pas été assez honnête pour lui dire la vérité, ainsi que les parents de Rachelle.

Nadia commença à faire des recherches sur l'accident de ses parents. Elle reçut la lettre tant attendue après 6 semaines d'attentes. Elle découvrit qu'effectivement, c'était bien M. Jim

Wilson qui conduisait la voiture et qu'il était en état d'ébriété. Elle décida d'en parler à Max.

— Max, j'aimerais te parler seule ce soir.

— Très bien, si tu veux nous pourrions aller souper en tête à tête.

— Non, dans ton bureau à la maison, cela sera préférable.

— Très bien, je serai de retour vers 18 h ce soir.

Nadia décida d'en parler à Rachelle aussi elle lui téléphona, et l'informa de toute cette histoire qui semblait absurde, mais véridique d'après les informations que Nadia avait trouvées. Rachelle était hors d'elle, elle décida de téléphoner à ses parents pour vérifier l'exactitude de ces dires. Les parents de Rachelle n'ont pas osé lui mentir, de peur de perdre leur fille unique.

— Oui ma chérie, nous avions élevé cette enfant, nous avons considéré que nous avions droit à cet argent et la cour aussi était en notre faveur.

— Oui je comprends maman, mais vous auriez dû être assez honnête pour informer Nadia de tout cela.

— Ce sont des situations très délicates, tu sais.

— Oui. Hé bien! je dois recontacter Nadia essayez de lui expliquer la situation. Mais maman, tu ne connaissais pas le nom de la personne qui avait causé cet accident n'est-ce pas.

– Oui, je recevais des chèques de sa femme. Quand tu m'as dit que le nom de Max était Wilson, j'avais bien peur qu'il soit leur fils. Aussi Rachelle, nous avons eu des problèmes de liquidité et c'était notre seule porte de sorti. Dis-lui bien que nous regrettons et que nous sommes sincèrement désolés de tout cela, mais nous n'avions pas de choix.

– Très bien maman, je te recontacterai plus tard.

Rachelle communiqua avec Nadia et celle-ci comprenait mieux maintenant pourquoi la mère de Rachelle disait ne pas aimer qu'elle continue sa relation avec Max, elle disait qu'elle avait entendu beaucoup de mauvaises choses sur cette famille.

– Max arriva comme prévu à 18h00 et Nadia demanda à discuter immédiatement.

– Max je dois te dire avant de commencer que j'ai fait des vérifications sur l'histoire que je vais te dire et que cette histoire est belle et bien vraie.

– Très bien, ça semble sérieux.

– Très sérieux.

Nadia informa Max jusque dans les moindres détails. Elle se garda bien de lui dire que c'était son père qui conduisait la voiture jusqu'à la toute fin de l'histoire pour pouvoir garder l'attention de Max.

– Max, c'est ton père qui était le conducteur ivre de la voiture qui a tué mes parents.

– Non, ce sont des histoires que les journalistes inventent ça, voyons Nadia, tu ne crois pas cette histoire absurde.

– Oui, parce que j'en ai la preuve. J'ai fait faire des recherches par un détective et il m'a apporté toutes les preuves que j'avais besoin pour croire à cette histoire. Je regrette Max, mais cette histoire est vraie.

Max sorti de son bureau en rage. Nadia n'avait jamais vu Max aussi enrager. Il était hors de lui. Il partit voir son père sur-le-champ.

– Comment as-tu pu faire une chose pareille?

– Mais de quoi parles-tu, calme-toi Max.

– Du fait que tu as tué les parents de Nadia et que tu n'as pas osé rien lui dire, même pas une petite excuse. Ou encore à moi.

Jim resta bouche bée, il tomba sur sa chaise.

– Max, tu crois vraiment que j'avais l'intention de reparler de cette histoire à qui que ce soit. Je ne voulais pas non plus que les journalistes s'emparent de cette histoire à nouveau. Crois-moi, j'ai déjà assez souffert de cette tragédie. J'étais plus jeune, moins conscient de mes actes et tu n'avais que quinze ans alors, j'ai étouffé l'affaire avec de l'argent. Je n'ai jamais retouché un verre d'alcool après cela. Si je pouvais changer les choses aujourd'hui, je le ferais, mais malheureusement je ne peux pas. Si tu veux, je vais aller voir Nadia moi-même et lui expliquer toute cette histoire.

— C'est Nadia qui vient de m'informer de tout cela, elle vient de l'apprendre. Elle ne croyait pas à cette histoire ridicule au début, mais elle a engagé un détective pour vérifier l'exactitude de cette histoire et à son grand regret, elle est vraie.

— Oui, elle est vraie. Je vais quand même passer voir Nadia, je lui dois des excuses.

— Très bien, je l'aviserai. Mais papa, si elle ne veut plus te voir, n'insiste pas.

— Oui, je comprends mon fils.

Max avisa Nadia que son père voulait la voir et qu'il était extrêmement désolé qu'il ait bien voulu changer le cours des évènements, mais que cela était impossible.

Nadia reçut Jim avec froideur. Elle écouta tout ce qu'il avait à lui dire et Jim était même sorti en pleurant de chez elle. Elle était bouleversée. Elle avait à choisir aujourd'hui de pardonner ou de détruire encore plus de vie, celle de ses enfants et Max.

– Nadia décida de convoquer Max, son père et Rachelle au même moment.

– Max mon chéri, tu sais comment je t'aime.

– Oui, et je t'aime tout autant Nadia.

– M. Wilson, je n'aime certainement pas ce que j'ai appris, cela m'a brisé le cœur.

– Oui, je comprends parfaitement Nadia.

– Rachelle, je suis désolée que tu sois mêlé à cette histoire.

– Je suis déçu de n'avoir rien su plutôt.

– Vous devez comprendre que j'ai tourné et retourné cette histoire dans ma tête. Je suis venue à la conclusion que la vie m'a apporté l'amour, l'amitié et la sincérité et que cela est plus fort que tout à mes yeux. J'ai attendu tellement longtemps pour pouvoir enfin être heureuse avec toi Max et les enfants, je ne voudrais détruire cela pour rien au monde. Je t'aime Max et j'aimerais qu'aujourd'hui on tourne la page sur un monde meilleur. M. Wilson, j'ai aussi fait des vérifications à savoir si cela était vrai que vous n'aviez pas retouché à l'alcool et les résultats étaient en votre faveur. Alors je me suis dit que si vous aviez fait cet effort, c'est que vous avez vraiment regretté votre geste.

– Merci Nadia, je vous souhaite d'être très heureuse pour le restant de vos jours avec mon fils. Et vous savez, à cette date j'avais décidé d'étouffer l'histoire pour Max.

– Nadia, je dois te dire que je ne connais personne d'aussi généreux que toi. Je suis contente d'avoir grandi avec toi.

– Chérie, je t'aime plus que tout au monde et j'avais très peur que notre belle vie soit détruite. Je t'aime.

– Je t'aime aussi mon bel amour.

Trouvez-les, ils sont là
Mon bel amour
Le Prince Aja envoûté par Danna
L'amour interdit de Magalie
Ogan Mezzo que rien n'arrête trouvera les amours
de sa vie
La redoutable Zoé Mezzo devant la défaite…et
l'amour
Zack Mezzo, le beau charmeur chevauche avec
l'amour
Emmanuël Mezzo face à son secret
Michaël Mezzo tourmenté par ses amours
La famille Mezzo : L'intégral
 Amoureuse de son sauveur
Le cadeau de Gabriella
Un cowboy pour Mia
Mon ange gardien sexuel
Deux mois d'amour, une vie de passion
Mon oiseau volage d'amour
Annie taquine l'amour de sa vie
Destinée à lui
Alyssa, tu es mienne, eres mías